RALPH GRÜNEBERGER

Leipziger Geschichten

WIEDERVEREINIGUNGSGESCHICHTEN. Es geht um Liebe und Zorn, Mut und Feigheit, Unternehmertum und Amtswillkür. 17 Ich-Erzählungen, die ohne die Ich-Form auskommen. Der couragierte Helfer, der seinen Rückhalt verliert und den der Mut verlässt. Die Verkäuferin, der vom Konzern der Ladentisch unten den Händen weggezogen wird. Der einsame Mann, der sich in eine Friseurin verliebt hat und eine Geschichte erfindet, um sie wiederzusehen.

Für die Mitglieder der Nikolaikirchgemeinde näht eine junge Frau im Herbst 1989 Transparente. Eines trägt die Aufschrift »Wir bleiben hier!«. Jahre später, angesichts von um sich greifender Entmietung, bekommt die selbstbewusste Leipziger Losung erneut einen widerständigen Klang. Ein Witwer, vom Vermieter in die Obdachlosigkeit getrieben, wehrt sich und wird kriminell. Ein anderer kostümiert sich, nur um seinen Sohn zu sehen, da ihm der Umgang mit ihm verwehrt ist. Ein Mädchen wird gemobbt und geht aus dem Leben. Ihr Schatten bleibt an jener haften, die sie zuletzt gesehen hat.

© Synke Vollring

Ralph Grüneberger ist gebürtiger Leipziger und in der Messestadt aufgewachsen. Lesereisen ins europäische Ausland sowie Literaturstipendien, die er erhielt, ließen ihn in Niedersachsen, Brandenburg, den Niederlanden, in Ungarn und im US-Staat Virginia immer wieder Abstand von seiner Region finden, dennoch sind und bleiben Leipziger Land und Leute sein Thema.

Er veröffentlichte Arbeiten für den Rundfunk, Literaturkritiken für das Feuilleton, zahlreiche Lyrik- und Prosabände sowie Monographien zu bildenden Künstlern, entwickelte Formate für die Literaturvermittlung und ist Herausgeber einer Literaturzeitschrift. Seit mehr als zwei Jahrzehnten ist er Vorsitzender der Gesellschaft für zeitgenössische Lyrik e.V. und Mitglied im Schriftstellervereinigung PEN-Zentrum Deutschland.

Bisherige Veröffentlichungen im Gmeiner-Verlag:
Herbstjahr (2019)

RALPH GRÜNEBERGER

Leipziger Geschichten

Erzählungen

GMEINER

MIX
Papier aus verantwortungsvollen Quellen
FSC® C083411

Im Ehnried 5, 88605 Meßkirch
Telefon 07575/2095-0
info@gmeiner-verlag.de

1. Auflage 2020

Lektorat: Claudia Senghaas, Kirchardt
Herstellung: Mirjam Hecht
Umschlaggestaltung: U.O.R.G. Lutz Eberle, Stuttgart
unter Verwendung eines Bildes von: © bobmachee / stock.adobe.com
Druck: CPI books GmbH, Leck
Printed in Germany
ISBN 978-3-8392-2608-7

Ich entwarf ein Ich, und dieses Ich entwarf ein neues Ich, das auch ein Ich entwarf, nur um ein Ich zu bilden, das sich anschloß an die unzählbare Reihe.

Wolfgang Hilbig

Niemandslicht

Hagenuck saß klein und schmächtig auf der Parkbank. Mit dem Kopf hatte er sich in die Jacke zurückgezogen. Er fror und heizte seinem Körper schluckweise aus einer Taschenflasche ein.

Die Männer, die nach der Arbeit ihre Hunde durch die Parkanlage führten, hielten in Höhe von Hagenuck die Leinen kurz, was die Hunde aufjaulen ließ. Hagenuck verspürte große Lust zurückzujaulen, als könne er sich durch Hundelaute mitteilen. Kein Wort hatte er an diesem Tag und bis zu dieser Stunde mit einem Menschen gewechselt. Warum also nicht ein wenig mit den Hunden hecheln oder bellen aus voller Brust. Aber kaum hatte er diesen Satz gedacht, verspürte er ein Stechen im Brustkorb, und ein Hustenanfall überkam ihn.

In großem Bogen spuckte Hagenuck den vom Husten gelösten Schleim aus. Ein Mann, der einen Schoßhund wie ein Spielzeug hinter sich herzog, wich zurück. Die Blicke der Männer begegneten sich, und Hagenuck sah, dass in den Augen des Mannes kein Schimmer Gnade war. Mit geübtem Griff zog er die Flasche hervor und goss sich den lauwarmen Fusel in den Hals. Für einen Moment war ihm heiß, und übermütig rieb er mit dem Flaschenboden den dünnen Stoff seiner Jacke, als wollte er das restliche Schnapsluftgemisch in der Flasche zum Leuchten bringen.

Doch die Flasche taugte nicht zur Illuminierung des späten Nachmittags, und Hagenuck war nahe daran, sie ins Gebüsch zu werfen. Doch er zögerte, als könne er sich nicht von der Flasche trennen.

Die Sonne hatte sich längst verabschiedet, ohne dass der Mond bereits an ihre Stelle getreten war. So herrschte an Helligkeit in diesem Moment kein Überfluss. Es war eher ein Niemandslicht, das den Menschen ihren Weg oder Unweg wies.

Hagenuck stand unvermittelt auf. Wie üblich schloss er mit der Rechten den mittleren Knopf seines Jacketts. Die Linke steckte die geleerte Flasche in die Brusttasche zurück. Er fasste sich ans Kinn, das unrasiert war. Für einen Augenblick sah er sich vorm Spiegel der Rathaustoilette stehen und mit der Rasierklinge die aufgerichteten Haarspitzen von der Gesichtshaut kratzen.

Doch sofort meldete sich Hagenucks Magen mit einem leichten Ziehen, als käme ihm von allein nicht genug Aufmerksamkeit zu. Noch heute, vor Einbruch der Dunkelheit, beruhigte Hagenuck tätschelnd seinen Magen, werde er wieder am Essenausgabeschalter der Bahnhofsmission stehen.

In geübter Manier schob er den Ärmel der Linken zurück, obwohl die Stelle, an der früher seine gute Schweizer Uhr prangte, längst verwaist war.

Hagenuck blickte zum Himmel, ohne dort einen Anhaltspunkt für sich zu finden, und lief los. Er hatte kein Ziel. Er wusste nur, dass er die Straße zum Park von oben gekommen war. Also würde er seine Schritte nach unten setzen.

Das Haus, vor dem er mit einem Mal stand, war ihm fremd und vertraut zugleich. Das einstige Braunkohlengrau der Fassade war von einem hellen mattglänzenden Farbguss überzogen. Und aus den Gesimsen über den Fensterlaibungen traten kleine wohlgeformte Frauenköpfe hervor, als wären sie das Werk eines Konditors. Hagenuck waren die Verzierungen früher nie aufgefallen. Den einzigen Kopf, den er mit dieser Fassade verband, war der Kopf seiner Frau, die es liebte, ihren Körper am Nachmittag auf das mit zwei Kissen ausgefüllte Fensterbrett zu betten und ihm entgegenzuschauen.

Hagenuck drückte die Klinke herunter und stellte mit Erstaunen fest, dass die Haustür offen war. Es roch nach Farbe, und im Durchgang waren die Bohlen und Stangen eines Gerüstes gelagert.

Das Erste, was Hagenuck an diesem Haus fremd vorkam, war die große weiße Briefkastenanlage, die an die Stelle der ehemals bunt durcheinandergewürfelten, teils verbeulten Kästen aus Blech und Holz getreten war.

Hagenuck machte kehrt. Im Begriff, das Haus zu verlassen, stieß er mit der Schuhspitze gegen eine Mineralwasserflasche. Er bückte sich und hob die Flasche auf. Ihr fehlte der Verschluss, und Hagenuck wusste, dass sie damit kaum gegen das Pfandgeld einzutauschen war. Doch behielt er die Flasche in der Hand, als er auf die Straße trat und sich von dem Haus entfernte.

Er ging den Weg, den er damals gerannt war, nachdem vier oder fünf maskierte Männer die Tür seiner Wohnung eingetreten, ihm Tisch und Bett zertrümmert und sämtliche Stühle aus dem Fenster geworfen hatten. Er war der letzte Mieter im Haus und hatte starrsinnig alle Angebote des Vermieters ausgeschlagen. Auch dann noch, als regelmäßig der elektrische Strom ausfiel, er bei Kerzenlicht saß und allabendlich der Wasserhahn über dem Ausguss nur ein dumpfes Röhren hervorbrachte.

Rasch hatte Hagenuck in dieser Nacht das Foto seiner Frau von der Wand gerissen und war damit auf die Straße gelaufen.

Hagenuck hörte sein Herz schlagen. Er zwang sich, langsamer zu gehen. Unter dem hell erleuchteten Vordach einer Tankstelle blieb er stehen. Aus seinem Strumpf zog er einen Zehner.

Die Tankstelle war leer, nur vor einer der Zapfsäulen stand ein abgestellter Wagen. Ohne zu zögern, griff sich Hagenuck einen der Zapfhähne und füllte zuerst die Wasserflasche und dann die Taschenflasche mit Benzin auf. Vorsichtig, um nichts zu verschütten, stellte er schließlich mit ruhiger Hand die Flaschen auf den Sockel der Säule und betrat den Tankladen.

Sein Blick fiel sofort auf das zum Greifen nah aufgetürmte Dosenbier und die in Cellophan eingewickelten Brote. Hagenuck wusste, dass ihn der Tankwart aus den Augenwinkeln ansah, obgleich er gerade genüsslich das Wort »Coupe« aussprach und damit den Mann, der rechts vom Tresen an der Kaffeetheke lehnte, zum Entzücken brachte. »Ich sage nur K wie Kappa«, sagte der Mann nun seinerseits, und der Tankwart nickte. »Der hat Memoryfunktion, da erinnert sich der Sitz an deinen Arsch, auch wenn du irgendwann mal deine Frau ans Steuer lässt und alles verstellt ist.«

Hagenuck räusperte sich und sagte: »Fünf.« Der Tankwart sah ihn groß an und suchte seinen Monitor nach dem betankten Fahrzeug ab. Schließlich betätigte er einen Knopf und sprach verwundert die Summe von 2,80 Euro aus. »Haben Sie Ihr Feuerzeug nachgefüllt, guter Mann?«, fragte der Tankwart.

Hagenuck blieb unbeeindruckt, schob mit einer Hand den Geldschein in die Kassenschale und tippte mit den Fingerkuppen der anderen gegen die Glasvitrine, in der sich die buntbelegten Brote befanden, und sagte: »Zwei.«

»Sehr wohl«, erwiderte der Tankwart, »ist recht. Entschuldigen Sie, ich hätte es merken müssen. Sie haben bei mir Ihren Rasenmäher aufgetankt, nicht wahr. Bloß Super plus hätte der nicht gebraucht, wenn Sie mich fragen, normales Benzin hätte auch gereicht.«

Hagenuck ging den Weg zurück, den er gekommen war. Er presste fest beide Daumen gegen die Öffnungen der Flaschen.

Im Durchgang des Hauses zog er die Senkel aus seinen Schuhen und stopfte sie in die Flaschenhälse. Danach klopfte er seine Hosen- und Jackentaschen nach dem Päckchen Streichhölzer ab, das er stets bei sich trug.

Der Abend war mit einem Mal hell und warm. Das Niemandslicht hatte einen Namen. Blau zuckten die Rundumleuchten der Feuerwehren.

Hagenuck stand im Licht der Telefonzelle und roch an seinen Händen. Benzin roch er gern, das hatte er schon als Kind getan.

Schande

1

Die Auslagen des Obst- und Gemüsegeschäftes sahen wie immer bunt und appetitanregend aus. Die Äpfel glänzten, und die prallen Orangen waren einzeln in feine Servietten gebettet. Doch zogen die terrassenförmig angeordneten Früchtestiegen nicht wie sonst die Augen der Passanten auf sich, obwohl gerade jetzt zur Weihnachtszeit frisches Tannengrün, Nussbraun und rote Glitzerkugeln das Arrangement umrahmten.

Vor dem Laden herrschte Stille. Die Menschen, die sich hier in kleinen Gruppen aufhielten, standen schweigend zusammen. Einige gestikulierten und wiesen wieder und wieder auf eine Stelle, die sich hinter dem Schaufenster befinden musste. Löste sich ein Arm aus der Menge, um über die Köpfe hinwegzuweisen, drehten die anderen ihre Gesichter in Richtung des Fingerzeiges.

In einer Gruppe südländischer Menschen stand Özal Tanyol, der Inhaber des Geschäftes. Stumm und ohne Unterlass schüttelte er den Kopf. Die Männer um ihn waren verhüllt von Rauch, die Frauen von Tuch.

Der bunte Landrover einer Rundfunkstation, dessen Warnblinkanlage in Betrieb war, schob sich langsam und beinahe lautlos auf den Gehsteig. Zwei Männer stiegen aus und warfen entgegen der augenblicklichen Stille am Ort die Fahrzeugtüren viel zu heftig ins Schloss.

Der eine, ein Fotograf und wie ein solcher ausgerüstet, überschaute sofort das Terrain und zog ohne Umschweife das für die Bildsituation passende Objektiv aus der Umhängetasche. Nicht minder zielstrebig steuerte der andere auf einen Mann zu, der im selben Moment dem Wortführer einer Gruppe zustimmte, der mit gesenktem Kopf und ohne die Stimme zu heben das Wort »Schande« aussprach.

Es war ein Leichtes für den Mann, der sich seinerseits durch das Mikrofon in seiner Hand als Reporter auswies, die Aufmerksamkeit des Mannes auf sich zu lenken. Kaum hatte er sich vor dem Mann aufgebaut und seine Profession durch das in Gang gesetzte Aufnahmegerät verdeutlicht, kam Eifer in die Gesichtszüge des Mannes, und er sagte: »Sie, darüber müssen Sie berichten! Es ist eine Schande für die ganze Stadt.«

Der Reporter, der es gewohnt war, mit einem Halbsatz

irgendwo hingeschickt zu werden, um den Ort mit einer ganzen Geschichte zu verlassen, fragte den Mann: »Können Sie detailliert etwas zum Geschehen sagen?«

»Ich bin nicht dabei gewesen«, antwortete dieser, »aber ich wohne ganz in der Nähe oder besser gesagt, gleich um die Ecke. Soviel ich weiß, soll der Täter betrunken gewesen sein.«

»Sie meinen den Mörder«, fragte der Journalist nach. »Es war doch Mord?«

»Mord oder Totschlag«, antwortete der Mann, »das ist eine Frage für den Staatsanwalt. Fest steht, es ist eine Schande für die Straße, das Viertel, die ganze Stadt. Und das auch noch zur Weihnachtszeit.«

»Wenn ich Sie richtig verstehe«, forschte der Reporter weiter, »fühlen Sie sich als Anwohner im engeren Sinne verantwortlich.«

»Genau das ist der Punkt«, stimmte der Mann zu, »ich kann vom Küchenfenster auf diesen Laden sehen und kann es nicht verhindern, dass in ihm am helllichten Tage ein Mensch abgestochen wird, nur weil er angeblich eine undeutsche Antwort gegeben haben soll.«

»Wissen Sie denn, was der Araber vor seinem Tod gesagt hat?«

»Ich weiß nicht, wie Sie auf Araber kommen. Es war ein Portugiese.«

»Sicherlich ein Übermittlungsfehler, aber ich denke, das ist nicht das Problem«, versuchte der Journalist einzulenken.

»Doch, das ist das Problem«, beharrte der Mann. »Solange uns die Menschen gleich sind, sie nur Ausländer unter Ausländern bleiben, haben sie für uns weder ein Gesicht noch eine Geschichte.«

»Zugegeben«, pflichtete der Reporter bei, während seine Augen nach einem weiteren Gesprächspartner Ausschau hielten, »ein interessanter Gedanke, den Sie da aussprechen, Herr ...«

»Kretschmar, Otmar Kretschmar«, ergänzte der Mann.

»Ja, Herr Kretschmar, wirklich ein interessanter Aspekt. Wir sollten das irgendwann vertiefen. Jetzt aber möchte ich die Hörer von City Radio und die Leser der Stadt-Zeitung mit aktuellen Informationen versorgen. Mein Name ist übrigens Carsten Reisig. Vielleicht kennen Sie ja die Sendung ›Carsten Reisig von neun bis zehn Uhr dreißig‹ oder haben schon Artikel von mir gelesen. Mein Kürzel ist ›car‹.«

»Sagt mir jetzt nichts«, bemerkte Otmar Kretschmar kurz, was der Stimmung zwischen den beiden nicht aufhalf. Aber Carsten Reisig, gewillt das Interview in aller Form und ohne weiteren Aufwand zu Ende zu führen, fuhr seinerseits fort: »Sagen Sie mir lieber, was Sie gesehen haben, Herr Kretschmar.«

»Wie gesagt, ich bin nicht dabei gewesen«, wiederholte sich dieser.

»Soviel ich weiß, sind kurz vor Ladenschluss hier zwei junge Männer aufgetaucht und haben sich eine Kiste mit Bierdosen gegriffen und wollten den Laden verlassen ohne zu bezahlen ...«

»... und da hat der Portugiese eingegriffen und die beiden gestoppt. Ist das richtig?«

Der Reporter hatte längst bemerkt, dass der Kollege von der Bildredaktion die Kamera bereits verstaut hatte und mit auffällig verschränkten Armen wartend am Wagen lehnte. Carsten Reisig wollte zum Ende kommen und schaltete das Bandgerät aus. Der Portugiese hatte also junge Männer am Mundraub hindern wollen, soviel stand fest. Und sie haben ihm dafür die Klinge eines Messers zwischen die Rippen gejagt. Er soll auf der Stelle verblutet sein. Carsten Reisig sah vor sich das Bild eines Schuhabdrucks in einer Blutlache. Rasch winkte er seinen Partner zu sich heran. »Schau mal in den Laden«, wies er diesen an, »vielleicht findest du Spuren des Kampfes auf dem Fußboden. Sieh' genau hin!«

»Es war kein Kampf«, sah sich Otmar Kretschmar veranlasst zu erwidern. »Der Portugiese ist nicht tätlich geworden. Er hat lediglich ›Money‹ gerufen und sich den beiden in den Weg gestellt. Schreiben Sie das.«

»Wenn Sie einen Moment so bleiben wollen, Herr Kretschmar«, sagte Carsten Reisig und rief auf der Stelle den Fotografen zurück.

»Mach' von dem Mann ein Porträt.«

Das Licht blitzte in Folge auf, und für Momente ruhten die Augen der Umstehenden auf Otmar Kretschmar.

Für Carsten Reisig war die Sache im Kasten. Was er im Rundfunk an O-Tönen nicht unterzubringen vermochte, konnte er immer noch für die Zeitung als Zitat verwenden.

Herr Kretschmar, sichtlich irritiert von dem Blitzlichtgewitter, das auf ihn niedergegangen war, fragte vorsichtig: »Herr Reisig, ich müsste jetzt gehen.«

»Kein Problem, Herr Kretschmar«, sagte Carsten Reisig. »Wir sind fertig. Wenn Sie nur so freundlich wären und mir Ihre Telefonnummer geben, falls ich noch eine Frage habe.«

»Hier haben Sie meine Karte«, unterstrich Otmar Kretschmar seine Geste. »Allerdings bin ich in aller Regel nicht vor 21 Uhr zu Hause. Außendienst, wenn Ihnen das etwas sagt.«

»Versicherung, wie ich sehe«, erwiderte Carsten Reisig mit einem Anflug von Dankbarkeit. »Vielleicht kann ich ja bei der Gelegenheit etwas Reklame für Sie machen.«

2

Noch einige Male hatte Otmar Kretschmar von seinem Küchenfenster aus an diesem Abend zu dem Laden hinübergeschaut. In den Abend- und Spätnachrichten der überregionalen Fernsehstationen wartete er vergebens auf eine Meldung über das Verbrechen vor seiner Haustür. Für einen Augenblick überkam ihn der Wunsch, seine Frau zu wecken, die wie immer um diese Zeit bereits im Bett war, um, wie sie sagte, die Stunden vor Mitternacht als Schönheitsschlaf zu genießen.

Seit Otmar Kretschmar nicht mehr wie seine Frau um halb sieben ins Büro musste und auch nicht mehr gegen 17 Uhr mit ihr gemeinsam zu Hause eintraf, hatten sich andere Gewohnheiten eingestellt. Für ihn fing der Arbeitstag in aller Regel am frühen Vormittag an, um spätabends zu enden. Seine Frau konnte er immer nur kurzfristig benachrichtigen, wann er nach Hause käme. Das Versicherungsgeschäft ist nicht planbar, oftmals riefen ihn Kunden an, die auf der Stelle irgendeinen Schaden an ihrem PKW melden oder eine Versicherung für eine plötzlich für den nächsten Tag geplante Reise abschließen wollten.

Den Kuss, den ihm seine Frau am Morgen auf die Stirn drückte, hatte Otmar Kretschmar noch gar nicht recht wahrgenommen. Was er wahrnahm, war der Hauch von Moschus, den seine Frau mit großer Geste in die Morgenluft des Schlafzimmers trug.

»Wach' auf, Oti!«, trällerte sie, »du bist in der Zeitung.«

Und tatsächlich hielt sie die neueste Ausgabe der Stadt-Zeitung in den Händen, die aufgemacht war mit der Kopfzeile »AUSLÄNDER IM NORDEN DER STADT VON ZWEI DEUTSCHEN ERSTOCHEN – BÜRGER EMPÖRT!«

Im Zustand der Dämmerung hatte sich Otmar Kretschmar indessen aufgerichtet, seine Frau hatte ihm, ohne dass er es bemerkt hatte, ihr Kopfkissen in den Rücken geschoben.

»Warte, ich les' es dir vor«, sagte sie. »›Der portugiesische Bauarbeiter Rodrigo Pessoa, der sich seit Jahresbeginn ohne festen Wohnsitz in Deutschland aufhielt‹ ... warte ich hab's gleich ... du bist richtig erwähnt, namentlich ... hier, hier ist es ... also, pass auf: ›Der Versicherungskaufmann Otmar Kretschmar hat gestern gegenüber der Presse den Vorfall eine Schande für die Straße, in der er wohnt, den Stadtteil sowie die Stadt selbst genannt. Ich schäme mich, sagte er, dass junge Menschen, die unsere Erziehung genossen haben, zu solcherart grausamen Taten imstande sind.‹ Und jetzt kommt das Beste, daneben ist sogar ein Bild von dir abgedruckt. Ich werde gleich noch eine Zeitung kaufen und sie Frank schicken, er wird stolz sein auf seinen Vater.«

»Meinst du, dass sich Frank wirklich dafür interessiert?«

»Aber warum denn nicht? Nicht jeder hat einen Vater, der in der Zeitung steht.«

»Musst du nicht los?«, fragte Otmar Kretschmar sichtlich beeindruckt von dieser ungewöhnlichen Geltung, die er an diesem Morgen von Seiten seiner Frau erfuhr.

Als sie gegangen war, bemerkte er, dass sie ihm sogar das Frühstück ans Bett gestellt hatte. Er biss in eines der belegten Brötchen, nahm einen Schluck Kaffee und schlug die Zeitung noch einmal auf. Tatsächlich, oberhalb des Knicks stand der Artikel, der auch sein Foto enthielt. Eine teure Adresse, dachte er für sich, seit er aus einem Marketing-Seminar wusste, wie teuer eine Anzeige in der oberen Hälfte einer Druckseite war.

Der Artikel enthielt neben der vorgelesenen Stellungnahme einige Informationen, die Otmar Kretschmar bis lang unbekannt waren. Er wunderte sich, dass ihn der Journalist, der, was Kretschmar das erste Mal bewusst zur Kenntnis nahm, diesen seinen Beitrag tatsächlich mit »car« unterzeichnet hatte, ihn über etliche Einzelheiten im Unklaren gelassen hatte.

Wenn der Mann Familie hat, dann sollte man für seine Überführung und Beerdigung sammeln, gerade jetzt vor Weihnachten, empfand Otmar Kretschmar spontan. Das Wirksamste ist wohl, einen Aufruf in den Laden zu hängen und ein Spendenkonto zu eröffnen.

Otmar Kretschmar zog sich rasch an. Ohne zu überlegen, war er in die Kleidungsstücke geschlüpft, die er Stunden zuvor abgelegt hatte. Das war nicht seine Art, vielmehr war er es gewohnt, den neuen Tag mit einem frischen Hemd zu beginnen.

Im Keller suchte er nach einem plakatgroßen Tapetenrest, um die Idee, zu einer Sammelaktion aufzurufen, ohne Aufschub in die Tat umzusetzen. Die Tapetenrollen, die er fand, waren jedoch allesamt feucht und modrig. Seit der Hauseigentümer allen Mietern die Nutzung der Bodenkammern wegen Eigenbedarf gekündigt hatte, schälte sich das Furnier von den Schränken, in denen die Kretschmars die Wintergarderobe aufbewahrten, und die Pappen und Tapeten nahmen die Feuchtigkeit der Kellerräume an.

Wieder in der Wohnung angelangt, setzte er sich an den Schreibtisch und dachte, als Erstes sollte ich den Aufruf entwerfen.

Als das Telefon klingelte, bemerkte Kretschmar, dass er den Tag ohne jede Planung begonnen hatte. Während er mit der einen Hand den Hörer abhob, fingerte er mit der anderen seinen Terminkalender aus der Aktentasche.

»Kretschmar hier«, rief er in die Sprechmuschel, um weiter nichts als ein Knacken hervorzurufen. Auch gut, dachte Otmar Kretschmar und hängte auf.

Den nächsten Termin hatte er in etwa einer Stunde im Büro der Bezirksdirektion seiner Versicherungsgesellschaft. Vielleicht, dachte Kretschmar, kann ich einige meiner Kolleginnen und Kollegen für eine Spende gewinnen. Und wenn ich die Sekretärin bitte, schreibt sie mir den Aufruf bestimmt mit Computer, und ich vergrößere das Blatt mit Hilfe des Kopierers.

3

Der Inhaber des Ladens, der Türke Özal Tanyol, hatte an diesem Tag keine seiner Obst- und Gemüsestiegen zu bewegen oder zu leeren gehabt. Die Menschen kamen, um Blumen auf den Stiegengerüsten abzulegen oder um auf einem großen Blech, das die Mitte des Bürgersteiges einnahm, Kerzen aufzustellen. Manche betraten vorsichtig den Laden, um einen Blick hineinzuwerfen, andere blieben an der Tür stehen oder sahen durch die Scheibe.

Özal Tanyol war stumm geworden. Hatte er sich gestern noch in seinem flüssigen, leicht akzentuierten Deutsch den

Hergang des Verbrechens mehrmals von der Seele reden müssen, genügte heute, dass er mit einer Kopfbewegung auf den Zeitungsartikel deutete, den irgendjemand an der Ladenscheibe befestigt hatte.

Otmar Kretschmar war voller Tatendrang. Den Spendenaufruf hielt er zusammengerollt in der einen Hand, in der anderen verwahrte er sorgfältig einen gefütterten Umschlag, der die von ihm im Laufe des Tages in der Direktionsetage und im Büro gesammelten 145 Euro enthielt. Otmar Kretschmar war an diesem Tag des Öfteren auf sein Bild in der Zeitung angesprochen worden. Die meisten hatten allerdings den dazugehörigen Artikel nur überflogen und wollten von Kretschmar wissen, was sich da in seinem Viertel eigentlich abgespielt hatte.

Jetzt, da Otmar Kretschmar auf Özal Tanyol zuging, um ihm das Geld für die Familie des Opfers auszuhändigen, bedauerte er für einen Moment, dass er Carsten Reisig weder beim City Radio noch bei der Stadt-Zeitung erreichen konnte. Aber bis zum späten Nachmittag wollte Otmar Kretschmar nicht mit der Übergabe des Geldes und vor allem mit dem Aushang seines Aufrufes warten. Zudem hatte sich Kretschmars Versicherungsgesellschaft bereit erklärt, ein Konto eigens für die Angehörigen von Rodrigo Pessao zu eröffnen, und der Bezirksdirektor hatte Kretschmar dafür eine Spende des Aufsichtsrates in Aussicht gestellt, wenn er, Kretschmar, für eine nachhaltige Presseresonanz Sorge trage.

Özal Tanyol dankte Otmar Kretschmar in Form einer

festen, warmen Umarmung, die überraschenderweise durch ein plötzlich aufgellendes Blitzlicht dekoriert wurde. Ungeschickt rollte der Türke das sich immer wieder einrollende Plakat aus, strich das Papier des Aufrufs glatt, schaute lange darauf und murmelte dann mehrmals

»Gut, gut«. Gemeinsam befestigten er und Kretschmar das Papier schließlich in Augenhöhe an der Scheibe, was sogleich die Aufmerksamkeit der Passanten auf die beiden und das Schriftstück zog.

4

Mit den Worten: »Es wird Zeit, dass du kommst« empfing Helga Kretschmar Minuten später ihren Mann. »Ich bin am Verzweifeln.«

»Ich habe den ganzen Tag gesammelt und den Aufruf zur Unterstützung der Familie des Opfers beim Gemüsetürken aufgehängt.«

»Was für einen Aufruf, um Gotteswillen?«, fragte Helga Kretschmar irritiert ihren Mann.

»Die Familie des Opfers hat keinen Ernährer mehr, das hast du doch selbst heute Morgen gelesen«, erklärte sich Otmar Kretschmar.

»Hast du den Aufruf etwa mit unserem Namen unterschrieben?«, forschte Frau Kretschmar streng.

»Mit welchem Namen sonst?«, erwiderte Otmar Kretschmar ungehalten.

»Dann geh' du bitteschön auch ans Telefon«, warf Helga Kretschmar ein, »ich lasse mich jedenfalls nicht länger ›Ausländerflittchen‹ und ›Kommunistensau‹ schimpfen.«

Noch bevor Otmar Kretschmar die Äußerung seiner Frau bewusst werden konnte, unterstrich das Klingeln des Telefons das eben Gehörte. Pflichtgemäß hob Kretschmar den Hörer ab und meldete sich mit Namen.

»Wenn es Ihnen hier nicht passt, Kretschmer, dann machen Sie, dass Sie wegkommen!«, schrie es Otmar Kretschmar entgegen.

»Hallo, wer ist dort?«, fragte dieser zurück.

»Ein Deutscher, du Kanake«, klang es aus dem Hörer, und nach einem Knacken setzte das Freizeichen ein.

Kaum hatte Otmar Kretschmar den Hörer auf die Gabel gelegt, klingelte es erneut. Kretschmar sagte nur »Ja, hallo.«

Und ein vorsichtiges »Hallo« kam zurück. »Ist dort der Anschluss Kretschmar?«, fragte nach einer Pause schließlich eine weibliche Stimme.

»Richtig, Sie sind mit dem Anschluss Kretschmar verbunden. Was kann ich für Sie tun?«, fragte Otmar Kretschmar in der Diktion des Vertreters.

»Ich heiße auch Kretschmar, verstehen Sie, und wohne in derselben Straße wie Sie«, war die vorsichtige Stimme der Anruferin weiter zu vernehmen.

»Ja«, bestätigte Kretschmar kurz.

»Bitte verstehen Sie mich nicht falsch, in meinem Alter hat man keine Angst mehr, aber es kränkt mich, wenn pausenlos Menschen bei mir anrufen und auf unflätige Weise Schimpfworte über mich ergehen lassen. Selbst vor Drohungen schrecken einige nicht zurück.«

»Sie haben also meinetwegen Schwierigkeiten, Frau …, Frau Kretschmar, wenn ich Sie richtig verstehe. Das tut mir leid«, bemerkte Otmar Kretschmar mit deutlichem Bedauern.

»Guter Mann, das muss Ihnen nicht leidtun«, meldete sich die Frau mit vorsichtiger Stimme zu Wort. »Ich bewundere Sie. Was Sie in der Zeitung gesagt haben, musste einfach einmal ausgesprochen werden. Ich wollte Sie eigentlich nur warnen, seien Sie vorsichtig.«

»Die Zeitung hat wie immer etwas übertrieben. So habe ich das gar nicht gesagt, aber haben Sie vielen Dank«, verabschiedete Otmar Kretschmar die Namensvetterin und legte rasch auf.

Mit einer Hand umschloss er die andere, um dem Zittern, das ihn befiel, zu begegnen. Doch sofort schlug das Telefon erneut an. Wieder meldete sich Kretschmar nur mit »Hallo«.

»Eh, siehst du die Laterne vorm Fenster?«, fragte die Stimme eines jungen Mannes.

Otmar Kretschmar unterdrückte seinen Atem, und der Mann am anderen Ende fuhr fort: »Die Laterne ist für Ausländerfreunde wie dich. Wenn du nicht aufpasst, hängst du morgen da dran.«

»Ich ziehe jetzt den Stecker raus«, entschied Otmar Kretschmar, »das höre ich mir nicht länger an. Vielleicht sollten wir vorher Frank anrufen, mir wäre lieber, er käme für ein paar Tage her.«

»Das kannst du dir sparen, ich habe schon mit dem Jungen gesprochen«, bemerkte Helga Kretschmar. »Er hat mir gleich gesagt, so was macht man doch nicht.«

»Hat er den Artikel gelesen?«

»Ja, er ist gleich los und hat sich auf dem Berliner Hauptbahnhof unsere Zeitung gekauft. Er meinte, du musst lebensmüde sein, dich so weit aus dem Fenster zu lehnen, und das mit Name und Hausnummer.«

»Du meinst, er kommt also nicht?«

»Denkst du, er kann Hals über Kopf seine Arbeitsstelle verlassen, nur weil du den Helden spielen musst?«

Otmar Kretschmar hielt immer noch den Hörer in der Hand und legte ihn schließlich neben den Apparat. Das langandauernde Freizeichen beruhigte ihn für Sekunden, doch schon kurze Zeit später schien der Ton in seinen Ohren immer lauter und schriller zu werden.

»Was suchst du denn um die Zeit im Keller?«, fragte

Helga Kretschmar, als ihr Mann dabei war, den passenden Schlüssel vom Brett zu nehmen.

»Ich muss was erledigen«, antwortete Otmar Kretschmar ungehalten, er kam sich beobachtet und gleichermaßen ertappt vor.

Im Keller fand er das Gesuchte rasch, verstaute es in einer Plastiktüte und verließ hastig das Haus. Wenige Meter vor dem Gemüseladen des Özal Tanyol blieb er in einer Toreinfahrt stehen. Eine hell erleuchtete Straßenbahn fuhr vorbei. Die Gesichter der Fahrgäste waren auf das Ladengeschäft gerichtet.

Vor dem Laden stand ein Pärchen und versuchte den Aufruf zu lesen. In der Hand hielt der Mann ein Feuerzeug, dessen Flamme etwas Licht auf die Schriftzüge warf. In dem Moment, als die Flamme erlosch und das Pärchen sich anschickte, seines Weges zu gehen, trat Otmar Kretschmar aus der Toreinfahrt, griff die Farbdose aus der Plastiktüte, die er die ganze Zeit an sich gedrückt hatte. Der Dosendeckel klemmte, und Kretschmar nahm kurzerhand seinen Schlüsselbund und drückte mit Hilfe eines flachen Bartes den Deckel auf. Noch einmal sah er sich um und schnellte im selben Augenblick auf den Laden zu.

Mit einer schwungvollen Handbewegung ließ er den gesamten Inhalt der Farbdose gegen die Scheibe schwappen. Der Aufruf verlor sich unter der latexweißen Welle.

Wie er gekommen war, verschwand Kretschmar. Die Dunkelheit der Straße nahm er wie einen schützenden Mantel an.

Anders

1

Das Konzert in der Nikolaikirche hatte begonnen. Jost versuchte, sich zu konzentrieren. Lange war er in keiner Kirche mehr gewesen. Das Gestühl empfand er als hart und unbequem. Büßerbänke. Anja schmiegte sich an ihn, und Jost legte den Arm um sie. In sich versunken nahmen sie die Musik auf. Der Klang des Saxofons erfüllte sie und den Raum. Schon vergaß Jost die Unbequemlichkeit und fühlte die Höhe und Weite der Musik.

Bald hoben die Sänger an. Eine Kunstsprache, Mischung aus Latein und Mittelhochdeutsch. Im würdevollen Schreiten näherten sie sich einzeln, von den Eingängen her, dem Altarraum und hielten die Köpfe erhoben. Es waren Männer in Pullovern und Polohemden mit Stimmen, die ihnen Gewänder verliehen.

Jost, der vor Wochen gerade noch zwei zurückgegebene Karten für Plätze im Seitenschiff hatte erstehen können, folgte den bedächtigen Schritten des Sängers in seiner Blickrichtung, der den Eindruck vermittelte, als würde er vom eigenen Gesang getragen werden.

Und doch, es war November. In den Pausen zwischen den Stücken entwich in kleinen Salven der jahreszeittypische Konzerthusten aus den Hälsen des Publikums. Jost störte sich daran, es hinderte ihn, in den Satzpausen die Musik in sich nachklingen lassen. Also ließ er den Blick schweifen, und seine Augen hefteten sich an einen Mann, der unweit neben einer Säule im Mittelschiff saß. Wolle, schoss es Jost durch den Kopf. Das ist doch Hans-Peter Wollny! Jost reckte den Kopf und versuchte das Gesicht der Frau zu erkennen, die neben Wollny saß. Er konnte nur etwas von ihrem Profil entdecken. Tamara? Ist das wirklich Tamara?, fragte er sich.

Mit dem Zwischenapplaus, der nach einem Solo des Saxofonisten einsetzte, kam etwas Bewegung in die Menge. Auch Wollny und die Frau neben ihm veränderten für einen Moment ihre Sitzhaltung. Unschwer erkannte Jost nun, die Frau an Wollnys Seite war nicht Tamara. Er überlegte, wie viele Jahre wohl seit Tamaras und Wolles Hochzeit vergangen sein müssen. Zwölf oder vierzehn?

Auch Jost lebte von seiner Frau getrennt und seit über einem Jahr mit Anja zusammen. Aber Wolle, Wolle und

Tamara – das Traumpaar seit dem Abiball. Tamara hatte Fernmeldewesen studiert, nur um mit Wolle zusammen zu sein. Dabei gehörte sie zu den Auserwählten, denen es vergönnt gewesen war, Kunst an der Burg Giebichenstein zu studieren. Sie hatte alle aus der Klasse damals mit ihren Keramiken begeistert und sogar den städtischen Wettbewerb um die Gestaltung des Schulhofbrunnens gewonnen. Wolle und Tamara, bald waren sie Wolle und Tamara und Paul. Es war der Name von Wolles Großvater. Eine kühne Entscheidung für die damalige Zeit, als die meisten männlichen Neugeborenen Mike, Silvio oder Alexander hießen. Ein Name muss seinen Ursprung in der Familie haben, argumentierte Wolle seinerzeit, nicht trendy sein, sondern traditionell. Paul also. Und als Tamara wieder schwanger war, hieß es, jetzt kommt Paula. Aber Paula kam nicht. Das Kind, ein Junge, kam tot zur Welt. Wolle trug plötzlich Uniform. Berufssoldat. Nachrichten. Die Treffen wurden immer seltener. Wolle, besser gesagt Leutnant Wollny, Tamara und Paul zogen in ein Neubauquartier am Standort.

Jost sah auf die Uhr und schätzte ab, wie lange das Konzert wohl noch dauern könnte. So sehr er sich auch bemühte, er konnte sich nicht mehr voll auf das Spiel des Saxofonisten und die Stimmen des Gesangsquartetts einlassen. Der Zugabe vermochte er nur halbherzig folgen. Sein Augenmerk gehörte Hans-Peter Wollny und der Frau an dessen Seite.

Als sich nach dem Schlussapplaus alle von ihren Plätzen erhoben, steuerte er, Anja hinter sich herziehend, in

Richtung des Paares. »Ich muss dir jemanden vorstellen«, erklärte er sich Anja.

Wolle und Jost umarmten sich lauthals mit der Männern eigenen Überschwänglichkeit. Die Frauen standen still und sichtlich peinlich berührt daneben. Schließlich bedrängten sie die Männer, den Publikumsstau, der nach ihrer Begrüßung in der Enge des Ganges weiter anzuwachsen drohte, rasch aufzulösen.

Vor der Kirche erklärte Wollny Annegret knapp, wer Jost ist. Desgleichen stellte Jost seinem früheren Klassenkameraden Anja vor. Anja und Annegret verstanden sofort, dass ihre Anwesenheit den Männern für den Rest des Abends ganz offensichtlich entbehrlich erschien. Annegret verabschiedete sich auf der Stelle, und auch Anja gab nach einem Blick auf die Uhr Wollny eilig die Hand und Jost einen Kuss auf den Mund. Dieser klopfte im selben Moment die Taschen seiner Jacke ab und stellte beruhigt fest, einen eigenen Hausschlüssel dabeizuhaben.

»Ist das was Festes?«, fragte Jost, als sich beide von Sankt Nikolai entfernten. Und statt den Mund zu öffnen, öffnete Wollny unvermittelt die Tür der Kneipe gegenüber. »Lass uns hier reden.«

So als wären seit ihrer Oberschulzeit nicht fast anderthalb Jahrzehnte vergangen, bestellten sie beide mit großer Geste jeweils die doppelte Menge Biere. Was der Kellner natürlich wörtlich nahm. Im Nu standen acht volle Gläser vor ihnen. Sie prosteten sich zu und leerten je zwei Gläser auf Ex. Danach wischte sich Wolle den Bierschaum vom

Mund und gab endlich die ausstehende Antwort. »Annegret ist eine Kollegin. Wir unternehmen manchmal was zusammen. Sie kommt aus Norddeutschland, hat hier einen Job gefunden und ist Single wie ich. Wir schlafen miteinander, falls du das wissen willst, aber leben nicht zusammen.«

Und da Jost schwieg, fügte er hinzu: »Weißt du eigentlich, wie viele Singles es in dieser Stadt gibt? Singles machen diese Gesellschaft aus. Sie beanspruchen pro Kopf mehr Wohnraum, sie konsumieren mehr. Und sie pfeifen auf so etwas wie Ehegattensplitting und haben das längst verdrängt, dass sie bei der Pflegeversicherung ausgenommen werden. Singles, und da meine ich auch mich, sind quasi die Stützen der Gesellschaft. Genau genommen ernähren drei Singles einen Familienvater.«

Jost hob den Kopf, sah Wollny an: »Lass den Quatsch, sag mir lieber, was mit Tamara ist.«

»Sie war dabei.«

»Wo dabei?«

»Na, wo schon? Bei Horch und Guck.«

»Du meinst«, fragte Jost zögernd nach, »Tamara war bei der Stasi? Ausgerechnet Tamara?«

»Wenn ich es dir sage«, erwiderte Wollny plötzlich aufgebracht und lauter als für ein Zwiegespräch nötig. »Sie war IM. Sie hat ein Doppelleben geführt. Die ganze Zeit. Sie war auf mich angesetzt.«

Jost legte die Hand auf Wollnys Arm, sah ihn ungläubig an und sagte ruhig: »Wolle, das kann ich mir beim besten Willen nicht vorstellen. Tamara – und auf dich angesetzt.«

»Muss ich dir vielleicht in Erinnerung rufen, aus was für einem Hause sie kam? Ihr Vater war Parteisekretär. Hast du das vergessen? Ihr wurde die Treue zum Staat förmlich in die Wiege gelegt.«

»Soweit ich mich entsinne«, lenkte Jost ein, »hatte Tamaras Vater damals mächtige Schwierigkeiten, gerade als Parteisekretär. Hat er sich nicht öffentlich für den sogenannten Tapetenwechsel ausgesprochen und Glasnost und Perestroika propagiert?«

»Ich glaube«, sagte Wolle kopfschüttelnd, »du hast überhaupt keine Ahnung von dem System, in dem wir gelebt haben. Das gehörte doch dazu. Die meisten von denen, die sich damals kritisch geäußert haben, waren getarnte Stasi-Leute. Die haben nichts riskiert, aber durch ihr Handeln sofort herausgefunden, wer ihnen unverhohlen zustimmt und nach deren Vokabular als ›feindlich-negativ‹ einzustufen ist. Das hatte doch alles Methode. Das musst du doch gemerkt haben.«

»Und zu diesen Leuten gehörte wirklich Tamara, ja?«, fragte Jost noch immer ungläubig.

Während dessen rief Wollny den Kellner heran und bestellte vier weitere kleine Biere. Geschwind tauschte der Kellner die vollen Gläser gegen die leeren aus. Ebenso schnell griffen die Männer danach. Jost und Wollny tranken abermals ihr Glas in einem Zuge aus.

»Pass auf«, fuhr Wollny nach einem Augenblick des Schweigens fort: »Ich war Führungskader bei der Armee. Das weißt du vielleicht noch. Langfristig gesehen, sollte ich in den Stab aufrücken. Nachrichten, das war top-secret. Die Genossen wollten freilich kein Risiko eingehen. Deshalb hatte ich alle Kontakte zu Leuten abzubrechen, die nicht 150-prozentig auf der Linie lagen. Und wer konnte das besser kontrollieren als Tamara? Sie hat mir später gesagt, sie hätte es für mich getan.«

Jetzt war Jost sprachlos. Er ging zum Klo und übergab sich.

2

Am anderen Tag hatte Jost das Gefühl, einen schlechten Traum gehabt zu haben. Seine Arbeit als Vermessungsingenieur führte ihn noch am selben Morgen in die Gegend, in der Tamaras Elternhaus stand. Eigentlich ein Zufall, dachte er, aber Jost war sich nicht sicher, ob es tatsächlich ein Zufall war. In der Mittagspause bat er seinen Kollegen, ihm für eine halbe Stunde das Firmenauto zu überlassen, und setzte diesen bei einem Fleischerimbiss ab.

Die Siedlung fand er schnell und stellte den Wagen ab. Früher hieß sie SA-Siedlung. Später Sternsiedlung. Den Namen hatte sie beibehalten. Er bezog sich auf die Bauweise der Häuser, die gleich einem Mercedes-Stern miteinander verbunden waren und die Grundstücke in drei gleichgroße Stücke teilten.

Er ging die Straße ab und suchte an den Klingelschildern der sich ähnelnden Häuser nach Tamaras Mädchennamen. Jost fand ihn, und an einem zweiten Briefkasten, der am Zaun angebracht war, auch den Namen Wollny.

Der Türsummer ließ eine ältere Frau erscheinen, die die Haustür öffnete und auf der Schwelle stehen blieb.

Über die geschlossene Vorgartentür rief Jost ihr zu: »Entschuldigen Sie die Störung. Aber vielleicht ist Ihre Tochter zu Hause. Ich bin Jost, ein früherer Klassenkamerad.«

Und als Tamaras Mutter näher trat, ergänzte er: »Ich war schon einmal hier, zum Polterabend damals. Vielleicht erinnern Sie sich.«

»Das ist lange her, junger Mann«, erwiderte die Frau, sah Jost an und fragte über den Gartenzaun hinweg: »Aber deswegen sind Sie doch sicher nicht gekommen? Meine Tochter hat jedenfalls mit keiner Silbe erwähnt, dass sie einen Klassenkameraden erwartet.«

»Ich war ganz in der Nähe, und da dachte ich, ich klingle einmal.«

»Dann kommen Sie erst mal herein.« Tamaras Mutter schloss hinter ihm die Tür.

»Sie möchten doch sicher einen Tee«, bestimmte Tamaras Mutter, ohne Josts Antwort abzuwarten. »Bei dem Wetter.«

Das Haus war klein. Vielleicht wirkte deshalb die Flurgarderobe, als wolle sie überquellen.

»Ja, es ist eng hier, seit meine Tochter und mein Enkel hier wohnen«, sagte die Frau, als hätte sie Josts Gedanken gelesen.

»Aber ich bin froh, dass in dem Haus wieder Leben herrscht. Nachdem mein Mann gestorben war, war hier nur Stille.«

Jost wusste nicht, was er antworten sollte, und war froh, als die Frau ihm die Tasse mit dem Tee reichte und einen Teller mit Gebäck auf den Tisch stellte. Rasch nippte er an dem Getränk.

»Wie Sie sehen, ist meine Tochter außer Haus. Ich werde ihr sagen, dass Sie hier waren, Herr …«

»… Tomaszeck«, ergänzte Jost. »Jost Tomaszeck, schwerer Name.«

»Und weshalb sind Sie gekommen?«

»Ich habe gestern Ihren Schwiegersohn getroffen. Das heißt Pauls Vater. Also eigentlich Ihren Ex-Schwiegersohn. Entschuldigen Sie, ich möchte mich nicht einmischen«, versuchte Jost eine Antwort zu geben.

»Hat er Sie geschickt, junger Mann?«, forschte die Frau in Josts Augen.

»Das nicht, aber er hat mir von Tamara erzählt.«

»Wissen Sie, was das für ein Schock für uns war, als meine Tochter endlich ihre Stasi-Akten einsehen konnte? Das glauben Sie nicht!«, ereiferte sich mit einem Mal Tamaras Mutter. Jost sah, dass ihre Hände zitterten.

»Der eigene Schwiegersohn hat uns über Jahre bespitzelt. Alles, was sich mein Mann in seinen eigenen vier Wänden von der Seele geredet hat, hat er brühwarm weitergetragen, nur um Karriere zu machen.«

»Sie meinen, Wolle, also Hans-Peter hat Ihren Mann bespitzelt?«, fragte Jost sichtlich irritiert.

»Nicht nur meinen Mann und mich, auch meine Tochter, und sogar die Familie ihrer besten Freundin. Wussten Sie das denn nicht, junger Mann? Ich denke, Sie haben ihn getroffen. Hat er Ihnen nichts davon erzählt?«

»Eigentlich nicht so richtig, er hat Andeutungen gemacht«, log Jost.

»Ja, meine Tochter hat noch an selbem Tage nach der Akteneinsicht ihre sieben Sachen gepackt und ist mit dem Jungen hier eingezogen. Sie hat es bis heute nicht verkraftet. Und wenn Sie nicht dieses Parteiamt angenommen hätte, wüsste sie vielleicht bis heute nicht, dass ihr Mann ein Judas war.«

Jost zuckte bei dem Wort Judas zusammen. Ihm fielen nur Sprachhülsen ein, die er hätte erwidern können. Also schwieg er. Der Tee war mittlerweile kalt geworden, mit einem Schluck leerte er die Tasse und erhob sich.

»Vielen Dank für den Tee«, sagte er zum Abschied.

»Keine Ursache, junger Mann«, nickte die Frau und erhob sich ebenfalls.

»Grüßen Sie Tamara, ja.«

»Das werde ich tun«, bestätigte die Frau. »Und grüßen Sie ›Anders‹, wenn Sie ihn sehen. So nannte er sich bei denen, und so war er auch.«

Jost winkte Tamaras Mutter noch einmal von der Pforte aus zu und verließ mit raschen Schritten die Siedlung. Er sah auf die Uhr und dachte, gern würde ich auf der Stelle Anja treffen.

Als er den ein paar Straßen weiter abgestellten Dienstwagen startete, hörte er im Autoradio in den Lokalnachrichten, dass eine CDU-Politikerin aus der Region wegen verschwiegener Stasikontakte am Vormittag ihren Posten hatte räumen müssen. Der Kommentator erklärte, dass, statistisch gesehen, bisher höchst selten Frauen als Inoffizielle Mitarbeiter enttarnt worden seien. Jost hatte den Namen der Frau nicht verstehen können. Er konnte das Wort »Stasi« nicht mehr hören. Mit flinkem Griff wechselte er zu einem Musiksender, drückte gewohnheitsmäßig die Kupplung, legte den ersten Gang ein und fuhr zögernd an. Ein Schlagersänger trällerte, als Jost in den Rückspiegel sah.

Das Interview

In dem im Art-Déco-Stil eingerichteten Café im Süden der Stadt waren am Vormittag nur wenige Tische besetzt. Alexander Wuhlfurt fand einen Fensterplatz. Die Sitzbank erinnerte ihn an ein Zugabteil, und er genoss es, sie für sich allein zu haben, schloss die Augen und streckte die Füße aus. Kaum durchzog ihn das wohlige Gefühl der Unbeschwertheit, stand der Kellner am Tisch und räusperte sich.

Als Wuhlfurt aufblickte, hielt ihm der Kellner, ein jung gebliebener Endsechziger, mit versierter Geste die opulente Speisen- und Getränkekarte entgegen, die einem Folianten glich.

»Lassen Sie sich Zeit«, sagte er, nachdem ihm Wuhlfurt die Karte abgenommen hatte.

Zeit war es, die Wuhlfurt mitgebracht hatte. Er war stets früher als verabredet an einem Treffpunkt. Das gehörte zu seinen Prinzipien. Er hasste es, einer Situation hilflos ausgeliefert zu sein, deshalb hatte er sich auch vorab die Zusendung der Interviewfragen von der Redaktion des heimischen Tageblatts per E-Mail auserbeten, um sich gründlich auf die Formulierung seiner Antworten vorbereiten zu können. Viele der Fragen erschienen ihm naiv artikuliert, ja manche waren gar von einem seltsamen romantischen Verständnis geprägt. Früher hätte er sich solchen Fragestellungen gar nicht ausgesetzt. Aber inzwischen waren zwölf Jahre nach seinem hoffnungsvollen Debüt vergangen und es gab kaum mehr mediales Interesse an seinem literarischen Werk. Selten an dem veröffentlichten und noch seltener an dem unveröffentlichten. In den meisten Verlagen hatten längst die Lektoren gewechselt und wussten mit seinem Namen nichts anzufangen, falls er überhaupt mit seinem Manuskript bis zu ihnen durchdrang und es nicht schon zuvor von einem Praktikanten dem Schmierpapierpacken oder einem Schredder anheimgegeben wurde. Ähnlich verhielt es sich bei den Redaktionen der Literaturzeitschriften, auch hier war Wuhlfurt eher ein Unbekannter. Die meisten Zeitschriften standen nur Unter-35-Jährigen offen, zudem zahlten sie schlecht oder gar nicht und die Herausgeber erwarteten, dass man ihr Entgegenkommen mit einer zweistelligen Zahl an, wenn auch ermäßigten, Kaufexemplaren quittierte oder sich zumindest für ein Abonnement der jeweiligen Zeitschrift entschied. Immer häufiger, das war Wuhlfurt aufgefallen, wurden die Veröffentlichungen auch mit Abbildungen ihrer Verfasser, die vornehmlich weiblich waren, regelrecht in Szene gesetzt. Nach seinem Eindruck kamen dabei immer mehr Modelmaße in Betracht. Wahre Schönheiten schrieben plötzlich

Shortstorys und Gedichte. Aus dem Feuilleton und aus Mitternachtssendungen wusste er: Oberschülerinnen mit Entertainerqualitäten bevölkerten die Poetry-Slam-Bühnen und kluge rothaarige Grazien sprachen in Triaden in Talkshows über ihre Rolle als junge Mutter, Autorin und ihr lyrisches Ich. Während seines Literaturstudiums waren eher die Hässlichen die wirklichen Dichterinnen, und das war ihnen durchaus bewusst, und sie suchten deshalb nach einer ganz eigenen unverwechselbaren Sprache, feilten an der Manieriertheit ihrer Erscheinung und setzen so im Literaturbetrieb eine wiedererkennbare Marke. Heute wird quasi im Chor charmant getrasht und gedenglischt, und es tut niemandem weh. Sicher vergreift man sich auch mal im Ton und lässt nach dem ungeschützten Geschlechtsverkehr im Text die Scheide weinen, aber meist wird das Metaphorische nicht überstrapaziert und ähnlich den Comedians das normale Missverständnis zwischen den Geschlechtern thematisiert, und die Lacher hat man dann mühelos auf seiner Seite.

So, als wolle er Wuhlfurt in die Wirklichkeit von Gast und Gaststätte zurückholen, stand mit schöner Selbstverständlichkeit der Kellner an der Stirnseite des Tisches.

»Haben Sie schon gewählt?«

Eigentlich wollte Wuhlfurt mit seiner Bestellung bis zum Eintreffen der Journalistin warten, mit der er verabredet war, doch wollte er andererseits dem Kellner keine Abfuhr erteilen. Das Café war schließlich keine Wartehalle.

»Milchkaffee«, sagte er knapp, um sich dann sofort zu verbessern, »einen Milchkaffee, bitte.« Als maulfaul hatte ihn erst jüngst seine Frau bezeichnet, als er in ihrer Anwesenheit in einem Baumarkt sein Begehr gegenüber einer Mitarbeiterin lediglich in ein Wort gekleidet hatte: »Schrauben?« Das spielte sie ihm den ganzen weiteren Abend vor und auch dann noch, als die erworbenen Schrauben längst ihrer Bestimmung entsprechend mit den Dübeln verbunden waren. Immerhin war es ihr Bücherregal, das er mit eben diesen Schrauben an der Wand befestigt hatte. Dass das Verdichten sein Beruf war, hatte sie als Argument für seine Unhöflichkeit nicht gelten lassen.

»Schrauben.«

Nein, »Schrauben« sagte sie nicht, »Schaube«, sagte sie. »Annalena Schaube, Stadt-Zeitung. Sind Sie der Herr Wuhlfurt?«

Mein Gott, ist sie jung, dachte Alexander Wuhlfurt. Sie siezt mich und spricht mich mit »Herr« an. Für sie bin ich mit Anfang, Mitte 40 völlig unsexy.

»Wenn Sie Herr Wuhlfurt sind, dann sind wir zum Interview verabredet, richtig?«

Alexander Wuhlfurt nickte und unterstrich die Kopfbewegung: »Richtig, der bin ich. Setzen Sie sich doch«, fügte er an und erhob sich dabei ein wenig von der Sitzbank.

Annalena Schaube setzte sich ihm gegenüber und rutschte ebenfalls auf den Fensterplatz. Aus ihrer Tasche holte sie eine Tageszeitung und legte sie auf den Tisch.

»Eigentlich habe ich Sie gleich erkannt. Sie waren mal bei ›Leipzig liest‹ dabei. Stimmt doch? In unserm Archiv fand ich ein altes Foto von Ihnen. Sie haben sich gut gehalten, wenn ich das so sagen darf.«

»Danke, dürfen Sie.«

»Ich mache ein Volontariat, müssen Sie wissen, und habe mir das Thema ausgesucht. Ich will Autorinnen und Autoren aus unserem Erscheinungsgebiet ganz privat vorstellen, denn ich denke, unsere Leser wissen zu wenig über den Beruf des Dichters. Oder soll ich lieber Lyriker sagen? Begonnen habe ich die Serie mit einer jungen Frau, einer Science-Fiction-Autorin, die sehr erfolgreich ist. Angefangen hat sie als Selfpublisherin und ihre Romane über Amazon verkauft. Nach dem dritten Buch ist sie bei Ullstein gelandet. Sie ist am Tag der Mondlandung geboren, allerdings 20 Jahre später, und sagt, das müsse doch etwas zu bedeuten haben. Sie schwärmt von der Raumfahrt, und fast alle ihre Bücher handeln davon. Sie ist Dauergast in Morgenröthe-Rautenkranz und liest Schulklassen daraus vor. Davon lebt sie und von den Tantiemen ihrer Bücher.«

»Und jetzt geht es Ihnen um Raum und Zeit in der Poesie, wenn ich Sie richtig verstehe?«, führte Wuhlfurt die junge Volontärin zum Anlass ihrer Begegnung zurück.

»Oh ja, eine geschickte Überleitung, ja wirklich.«

Auch der Kellner sprang in die Lücke und nahm Annalena Schaubes Bestellung auf.

»Latte bitte«, sagte sie kurz, ohne je darüber nachgedacht zu haben. Dann schob sie Wuhlfurt die Zeitung, die sie mitgebracht hatte, zu. »Ich habe Ihnen die Ausgabe mit meinem Startartikel mitgebracht; vielleicht interessiert er Sie. Meine ganze Verwandtschaft und meine Mitbewohnerinnen habe ich schon damit bestückt. Ich habe ja schon als Schülerin für die Regionalzeitung geschrieben, für die Schülerzeitung sowieso, war in der Zehnten auch mal Redakteurin, aber das jetzt, das ist schon mal eine ganz andere Liga.«

»Danke, ich schau es mir an.« Wuhlfurts Stimme klang versöhnlich. Ihm gefiel das Wieselhafte des Mädchens, das sich deutlich von seiner eigenen Behäbigkeit unterschied. Wenn ich so übersprudeln würde, dann bliebe gar nichts mehr in mir. Aber sie ist jung und voller gesammelter Sätze.

Einen Moment später hatte Annalena Schaube an ihrem Latte Macchiato genippt und sich mit einem Tablet präpariert.

»Ich habe alle Fragen als Datei dabei.«

»Eine Bitte habe ich, bevor wir beginnen. Könnten wir uns duzen?«, fragte Alexander Wuhlfurt. »So alt bin ich ja auch noch nicht. Vor gar nicht langer Zeit galt ich in der Branche noch als ›junger Autor‹.«

»Super gerne, wenn du das möchtest. Ich heiße Annalena. Alle nennen mich Lena.«

»Ich Alexander. Alex für die meisten.«

»Also, Alexander, oder besser Alex, los geht's. Bekanntermaßen bietet ja die Literaturgeschichte viele Beispiele von Autoren, die nicht von ihren Büchern leben konnten. Zu denken ist da an den Hofmeister Hölderlin, den Arzt

Benn, den Minister Goethe. Wie kommen Sie … pardon, wie kommst du zurecht? Ernährt dich deine Literatur?«

Alex war auf die Frage vorbereitet. »Ich bin von Beruf Werbekaufmann und habe nach meinem Literaturstudium über das Arbeitsamt eine Zusatzausbildung als Werbegestalter absolviert. Gemeinsam mit einem Freund entwickle ich Webseiten, Firmenlogos, Briefköpfe, Flyer et cetera.«

»Und das ernährt dich und deine Familie?«

»Es hilft, sagen wir mal.« Wuhlfurt verschwieg, dass in der Werbebranche die Digitalisierung zum Verlust von Aufträgen geführt hatte und es kaum mehr ein Taschengeld war, das er zum Familienbudget beitragen konnte.

»Beim Stichwort Dichter kommt ja vielen sofort das Gemälde ›Der arme Poet‹ von Carl Spitzweg in den Sinn, von dem es Postkarten und Poster gibt. Vor zehn Jahren etwa gab es sogar eine Briefmarke davon. In aufrechter Pose deklariert er im Bett Verse. Über ihm hängt ein alter Regenschirm und schützt ihn vor den Widrigkeiten des undichten Daches.«

»Das hast du gut recherchiert. Das Bild rangiert in seiner Bekanntheit übrigens gleich hinter der Mona Lisa. Mit der Briefmarke, das war übrigens 2008, anlässlich von Spitzwegs 200. Geburtstag. Nun zum Eigentlichen: Für mich ist das Interessante nicht die unwirtliche Wirklichkeit, die ist ja der Kunst und im besonderen Maße der Dichtkunst gegenüber allgegenwärtig. Vielmehr fasziniert mich, dass sich der Poet der Poesie regelrecht ermächtigt hat. Überrascht stand ich in München davor. Bis dahin habe ich nicht gewusst, dass das Bild relativ klein ist. Nicht viel größer als hier die aufgeklappte Protzspeisekarte. Und was fällt einem auf? Sagen wir auf den zweiten Blick? Eines der Bücher lehnt aufgeschlagen vor den anderen, die es stützen. Was für eine Symbolik! Und der keineswegs arme, sondern reiche, be-reicherte Poet sieht nicht hin, er hat die Verse gewissermaßen intus. Glaub mir, er friert nicht, die Schlafmütze trägt er sommers wie winters, die Worte wärmen ihn. Mich erinnert das an einen Bericht eines älteren Kollegen aus dem Schriftstellerverband, der davon sprach, dass er immer dann Gedichte verinnerlicht hat, wenn er sie sich abgeschrieben hat. Zum Beispiel vor 1990 an den Ständen der Westverlage zur Leipziger Buchmesse. Um eine Probe gebeten, begann er das Gedicht von Bertolt Brecht aufzusagen, in dem es um fehlende Zwiebeln und um das sogenannte Kaderwelsch ging. Ganz kriege ich es nicht mehr zusammen. Behalten habe ich das: ›Dem, der Kaderwelsch hört / Vergeht das Essen / Dem, der es spricht / Vergeht das Hören.‹ Der Kollege hatte es seinerzeit in der Frankfurter Brechtausgabe entdeckt, die in der DDR nicht vollständig erschienen war.«

»Kaderwelsch?«, fragte Lena nach. »Was ist damit gemeint?«

»Diese Frage habe ich dem Kollegen auch gestellt. Ich war ja gerade 13, als die Mauer fiel. Denn natürlich habe ich sofort an Kauderwelsch gedacht und angenommen, es handele sich um einen Versprecher. Nein, ›Kaderwelsch‹

heißt es tatsächlich im Gedicht. In der DDR gab es nicht die Personalakte wie heute, es gab die Kaderakte. Menschen, die aus beruflichen Gründen ins Ausland reisen durften, zum Beispiel ins NSW, ins Nichtsozialistische Wirtschaftsgebiet, nannte man Reisekader. Personalchefs hießen Kaderleiter. Das bringt der Brecht auf schöne Weise zusammen.«

»Zurück zu dir. Ich habe gegoogelt«, kam es von Lena, »und herausgefunden, Spitzwegs Bild ist 180 Jahre alt. Was hat sich deiner Meinung nach für heutige Dichterinnen und Dichter geändert?«

»Heutige Schreiber leben, wenn sie denn in Mansarden wohnen, unter einem wärmegedämmten Dach. Dem Wärmeverlust schützt das EEG vor, das Erneuerbare-Energie-Gesetz, also das Gesetz für den Ausbau erneuerbarer Energien, das zum Beispiel die Einspeisevergütungen regelt.«

»Das«, warf Lena ein, »klingt nun für mich nach Kauderwelsch.«

»Eher nach Amtssprache«, widersprach Alex. »Denn Kauderwelsch bezeichnet ja eine Vermischung von Sprachen. Vielleicht hast du schon einmal das Wort Rotwelsch gehört, das steht für Geheim- oder Sondersprache, heute würde man Jargon sagen. Praktiziert werden hier Bedeutungsübertragungen, die sich aus den jeweiligen Bedürfnislagen ergeben.«

»Das geht mir zu weit«, bemerkte Lena irritiert. »Bleiben wir lieber bei der Energie. Gibt es für dich so etwas wie Wärmeverlust beim Schreiben?«

»Das ist eine Frage außerhalb des Programms und viel zu diffizil.«

»Gut dann ziehe ich sie zurück und bringe noch mal den Spitzweg ins Spiel, um den will ich ja unser Interview kreisen lassen. Sein ›armer Poet‹ liegt einsam in seinem Bett. Der Ofen ist aus. Wie lebst du? Bist du Single, hast du family?«

»Ich habe eine Frau.«

»Und liest sie deine Gedichte?«

»Immer. Sie ist immer meine erste Leserin. Manchmal probiere ich aber auch ein Gedicht erstmal bei einer Lesung aus, ehe ich es ihr zeige. Neulich las ich ein Gedicht von dem Dichter Krolow …«

»… Krolow, der sagt mir jetzt nichts. Ein Kollege von dir? Schon älter? Lebt er auch in Leipzig?«

»Diese Bildungs- oder besser gesagt Genusslücke solltest du unbedingt schließen. Karl Krolow, er ist 1999, in dem Jahr habe ich das erste Mal geheiratet, 84-jährig in Darmstadt verstorben und stammte aus Hannover. Er war wahrscheinlich nie in Leipzig. Bei ihm heißt es: ›Am Anfang bleibt noch im Gedicht geheim, / ob bald ein Baum mit seinen Blüten brennt / im Frühjahr oder ob sich jemand trennt / von jemandem. Man weiß noch nicht den Reim // auf etwas, das entsteht …‹ – Spürst du das?«

»Du meinst, am Anfang ist alles offen, im Leben und im Gedicht?«

»Leben und Gedicht sind für mich eins. Aber um auf den Text einzugehen. Er macht ganz deutlich, es ist und bleibt die Schulstunden-Frage ›Was wollte uns der Dichter damit sagen?‹ eine Farce. Der Dichter weiß es ja bis zu einem gewissen Punkt selbst noch nicht, was eigentlich ihn zum Sprechen nötigt.«

»Außerdem ist die Frage ›Was will uns der Dichter damit sagen?‹ gar nicht gendergerecht formuliert«, warf Lena scherzend ein. »Doch im Ernst. Wenn ich an unsere Leserklientel denke, ein Wort, das ich inzwischen liebe, denn dann muss es nicht Leserinnen und Leser heißen, dann stellt sich die Frage, was will diese von einem Lyriker wissen? Wo lebt er, wie lebt er? Das interessiert die Leute. Also: Was für ein Auto fährst du? Wie wäre es damit?«

»Wollten wir nicht erst über die Voraussetzung für das Entstehen guter Literatur sprechen? Über die Einsamkeit, die es braucht zum Schreiben.«

Lena legte das Tablet auf den Tisch, so als wolle sie demonstrieren, dass sie das Format verlässt. »Ich muss dir sagen, dass mich die Redaktion gebrieft hat, dass Thema Einsamkeit, wenn überhaupt, nur am Rande zu behandeln. Unsere Leserschaft ist mega überaltert, täglich sterben treue Abonnenten weg. Viele unserer Leser leiden unter Einsamkeit, denen tun wir keinen Gefallen, wenn wir sie mit dem Beitrag über dich daran erinnern. Die Leute wollen Love-News, Romanzen, das Private, das weißt du doch. Viel lieber hätten wir eine Homestory mit dir gemacht. Leider hast du auf diese Café hier bestanden.«

»Was soll denn eine Karosse über mich sagen?«

»Viel, glaub mir. Größe, Farbe, Marke.«

»Das Auto ist kein Statussymbol mehr. Mein Vater hat einen 5er BMW-Diesel und beklagt den rapiden Wertverlust, seit er von Fahrverboten bedroht ist. Meine Frau und ich, wir haben einen alten Corsa, blau übrigens, den fährt meistens sie, ich bin mehr fürs Räderwechseln im Herbst und zu Ostern zuständig.

»Ein Mann mit handwerklichem Geschick«, kommentierte Lena und tippte eine Notiz in ihr Tablet.

»Ich laufe am liebsten«, fuhr Alex fort. »Das Zufußgehen ist meines Erachtens die beste Gangart für das Dichten. Gehen ist Sehen, denke nur an den Spaziergänger gen Syrakus. Gehen ist Rhythmus und Rhythmus ist Lyrik. Du siehst etwas, siehst es auf dich zukommen. Baukörper fallen einem auf, Bauweisen. Eine Farbe wird eine Form, ein Gegenstand. Das gilt auch für Kleidung. Du entdeckst den Menschen darin.«

»Ja, das mag ich von Anfang an an dieser Stadt, dass man vieles erlaufen kann. Doch zurück zu dir. Habt ihr eine große Wohnung? Altbau? Mit Grünblick? Das wäre für einen Fototermin wichtig. Ist sie bezahlbar? Was macht deine Frau? Ist sie jünger als du? Wollt ihr Kinder? Hast du vielleicht schon welche aus früheren Beziehungen? Wie lebst du? Bist du der typische Dichter, der mit der Rotweinflasche auf dem Tisch in der Vormittagssonne vor einem leeren Blatt Papier sitzt und grübelt oder wäschst du auch mal ab und bedienst die Waschmaschine? So etwas interessiert unsere Leser … innen und Leser.«

»Das Gedicht kommt, wenn es kommen will. Und es geht auch gleich wieder, wenn ihm nicht sofort die nötige Aufmerksamkeit geschenkt wird. Es ist sozusagen in einem drin. Man muss also in sich hineinhören«, wich Alex dem Klischee, das allgemein von einem Dichter vorherrschte und das Lena so bereitwillig ausbreitete, aus.

»Darf's noch etwas sein?« Dass der Kellner zu ihnen an den Tisch getreten war, hatten beide nicht bemerkt.

Alexander Wuhlfurt sah fragend zu Annalena Schaube. Irgendwie war ihm die Lust an dem Interview vergangen. Dankbar blickte er den Kellner an und schüttelte gleichzeitig den Kopf und sagte: »Danke, nein.« Mit der Hand strich er den Zettel glatt, auf dem seine Notizen für das Interview standen. Was bringt das noch?

»Für mich nichts«, hörte er Annalena Schaube sagen. Verlaine – an der Stelle hätte so gut Paul Verlaine gepasst. Wuhlfurt bewunderte dessen Definition vom Gedichteschreiben, die das ganze Geheimnis des Dichtens enthielt. Der erste Vers sei ein Geschenk von Gott, den Rest muss der Dichter selber machen. Aber dieser wunderbare Satz, er passte nicht zwischen die profanen Fragen nach Quadratmetern, Abwasch und Automarke. Sie kennt Krolow nicht, also wird sie auch Verlaine nicht kennen.

Annalena Schaube wischte über ihr Tablet. »Ich denke, das war's erst einmal. Ich rufe dich an, deine Nummer hat ja die Redaktion, oder ich maile dir, wenn ich noch eine Frage habe. Ist das okay für dich?«

Wuhlfurt nickte und sagte: »Lass nur, das übernehme

ich«, als er sah, dass Annalena Schaube im selben Moment in ihrem Portemonnaie nach dem passenden Kleingeld suchte.

»Das ist voll lieb von dir.«

Sie gab ihm nicht die Hand, das war ihm recht, sondern griff nach ihrer Jacke.

»Dann tschüss!«

»Ja, tschüss«, schloss sich Wuhlfurt an.

Eigentlich hätte er jetzt gut einen Schnaps vertragen können oder ein Glas Rotwein. Aber er wollte das Klischee nicht bedienen. Es war noch immer Vormittag. Er nahm sich die Zeitung mit dem Artikel der Volontärin und schlug sie auf, blätterte darin, überflog das Interview mit der Kollegin, das eine halbe Seite einnahm, und las im Politikteil von einem Attentäter, der in seinem Alter war und sich als Kämpfer des Islamischen Staates gegen die Ungläubigen bezeichnete. Ein Familienvater mit Frau und drei Töchtern, der mit Abertausenden Flüchtlingen 2015 aus Syrien nach Deutschland gekommen war, Asyl erhielt und seit zwei Jahren als Wachmann arbeitete. Am Tage sorgte er für Ruhe und Ordnung in einer Einkaufspassage. Hatte er Urlaub, fuhr er ins Berliner Umland und spannte in Mannshöhe von Mast zu Mast Stahldrähte über die Gleise der Inter-City-Express-Strecken, um die Züge zum Entgleisen und Hunderte Opfer auf seine Habenseite zu bringen.

Wuhlfurt griff nach der Kaffeetasse, sie war leer. Schaum klebte am Boden.

Der Attentäter war gefasst und hatte gestanden. Das Wort »Trittbrettfahrer«, das Wuhlfurt in den Sinn kam, hielt er für makaber. Seine Frau stieg zehnmal die Woche in einen ICE, um zur Arbeit und zurückzukommen. Die Stabilität der Züge im Verbund mit der Stoßkraft aus der Geschwindigkeit hatte bisher den Stahlseilen widerstehen können. Was, wenn die Methoden perfider, die Drahtsperren gewaltiger werden?

Er musste seine Frau anrufen, ihre Stimme hören, würde etwas Belangloses fragen, doch mit keinem Wort auf die Gefahr zu sprechen kommen.

Schnell schlug er die Zeitung zu, legte einen Geldschein auf den Tisch und verließ grußlos das Café.

Der Juror

Die Uhr an Hellmanns Handgelenk zeigte halb fünf, und er hörte, dass draußen der Minijobber die Tageszeitungen in die Briefkästen warf. Manchmal hatte er Werbung dabei, sodass die Klappen über den Schlitzen zwei- oder dreimal an die metallenen Kästen schlugen.

Seit dem Wintereintritt hatte Hellmann wiederholt im unbeleuchteten Zimmer am Fenster gestanden und den Zeitungsboten beobachtet. Hellmann konnte vom Zwischengebäude aus, in dessen Obergeschoss sich die Hausmeisterwohnung befand, den Hof überblicken. Das Karree der kleinen Wohnanlage, die aus zwei nebeneinander stehenden Hinterhäusern und einem die Straßenfront bildenden Vorderhaus bestand, war mit Bewegungsmeldern ausgestattet, die den Hof jeweils für 90 Sekunden taghell erscheinen ließen. Die Eigentümergemeinschaft der Wohnanlage hatte darauf bestanden, dass Hellmann aufwendige Halogenstrahler installierte, die über den gesamten Hof verteilt waren und sich nacheinander ein- oder ausschalteten. Licht gegen lichtscheue Elemente, hieß die Devise.

Der Minijobber nahm jeden Morgen die gleiche Tour. Er lief im Uhrzeigersinn von Haus zu Haus und verstand es, die Lichterkette, die er in Gang setzte, für die Ausleuchtung seines Hin- wie Rückweges perfekt zu nutzen. Das Alter des Zeitungsboten war schwer zu schätzen. Er war untersetzt, aber überaus flink. Winters trug er eine Wattejacke und in der Sommerfrühe eine Steppweste. Auf beiden war auf der Rückenpartie das Logo des Zeitungsvertriebs aufgedruckt. Bei allen Wettern saß auf dem Kopf des Mannes ein und derselbe Hut, der ihm augenscheinlich viel zu klein war und ihm so eine entfernte Ähnlichkeit mit einem längst verstorbenen Komiker bescherte. Ob dem Minijobber der Komiker ein Begriff war, hätte Hellmann nicht sagen können. Gelegentlich waren sich die beiden Männer auch tagsüber begegnet, aber bis auf ein knappes »Hallo« hatten sie bislang kein Wort miteinander gewechselt. Meist kam der Minijobber auch ungelegen und warf ausgerechnet dann mit zunehmender Unbeschwertheit seinen Ballast ab, wenn Hellmann gerade dabei war, vom Müllplatz aus den Restmüllcontainer oder den Container für Pappe oder Plastikmüll an die Bordsteinkante in Höhe des Vorderhauses zu bugsieren. Und schob Hellmann gerade die Tonne mit den Bioabfällen vor sich her, war er nicht selten von einer solchen Wolke aus Gegorenem umgeben, dass ihm niemand freiwillig zu nahe kam.

Kaum hatte der Minijobber seinen am Eingang der Wohnanlage abgestellten Wagen mit der Zeitungslast aufgenommen, um ihn zum nächsten Grundstück zu karren, trat Hellmann vom Fenster zurück, ging in die schmale Küche und schaltete dort das Licht an. Zwei, drei Handgriffe und schon spendete der Wasserkocher den heißen Aufguss für den Tee. Hellmann steckte zwei blasse Weißbrotscheiben in den Toaster und ließ sie braun aufspringen. Mit Bedauern sah er im selben Moment, dass die hausgemachte Leberwurst aus dem Glas zu Ende ging. Aus dem Supermarkt hatte er frische Lauchzwiebeln mitgebracht, die im Winter nicht billig waren, schnitt die Schlote in Ringe und legte sie sorgfältig auf die nur sparsam bestrichenen Toastscheiben. Gemessen an der Theorie seines Vaters, mit der Hellmann aufgewachsen war, ging das Ergebnis dessen, was er vor Augen hatte und bald schon auf dem Gaumen schmecken durfte, weit über das Minimale hinaus. Du musst dir nur mit aller Kraft eine Vorstellung von dem machen, was du dir wünschst, dann kannst du jede Mangelerscheinung überlisten, war eine von Vater Hellmanns Maximen. Dünngestrichen würde die Leberwurst solange reichen wie die Lauchzwiebeln frisch und ansehnlich waren. Und da der Kalender bereits die Mitte der Woche anzeigte, würde Hellmann mit dem Aufstrich über den Tag und bis zum nächsten Morgen kommen.

Donnerstags feierte er, der auch am Samstag und Sonntag sich der Hausmeisterpflichten nicht entledigen konnte, seinen freien Tag. Donnerstags gab es normalerweise keine

Aufgaben, die anstanden. Die Hausreinigung hatte nach Ansicht des Verwalters und der Eigentümergemeinschaft am Samstag zu erfolgen. Die Mieter müssen sehen, dass etwas geschieht für ihr Geld, hieß die Order. Am Donnerstag stand das Grundstück, das Hellmann zu betreuen hatte, nicht im Tourenplan der Entsorger. Nichts war bereitzustellen oder zurückzustellen. Doch galt das nicht gleichermaßen für das, was hinzukommen oder herabfallen konnte. Egal, ob aus Kinderhänden oder vom Himmel. Er konnte nur hoffen, dass die Wolken am nächsten Tag nicht voller Schnee hingen. Jeder Zentimeter Neuschnee, befürchtete Hellmann, könnte seine Planung durcheinanderwerfen oder gar gefährden. Denn donnerstags war Hellmann nicht der Hausmeister, donnerstags war er der Autor André Hellmann, ein kinderloser Enddreißiger, der Geschichten für Kinder schrieb. In der Regel brach André Hellmann donnerstags in aller Frühe auf, um per Intercity, Regionalexpress oder Regionalbahn zu einer Haupt- oder Realschule der näheren Umgebung zu gelangen. Es gab ein ganzes Geflecht an Schulen, die er regelmäßig anschrieb und bei denen er sich im Nachgang telefonisch meldete. Einige Schulsekretärinnen kannten André Hellmann bereits mit Namen, von anderen wurde er gar an der Stimme erkannt, sobald er nur einen guten Tag und die Schulleitung zu sprechen wünschte. Er vermittelte all seinen potenziellen Partnern gern die Quellen, aus denen die Honorare für Autorenlesungen bei den zuständigen Kultusministerien fließen, wenn die Gelder nur rechtzeitig beantragt würden. Hellmann leistete vielfach Pionierarbeit für die gesamte Zunft. Denn dort, wo Lehrerkollegien erst einmal die Vorzüge von Autorenlesungen bewusst geworden waren, übersprangen sie fürderhin höchstselbst die bürokratischen Hürden, um Zuschüsse zu akquirieren.

André Hellmanns Strategie hieß impertinente Freundlichkeit und Ausdauer. Allerorten waren die Zeitbudgets der Pädagogen schmal, das war bekannt. Und da kein Lehrerkollegium von sich aus einen ihm unbekannten Schriftsteller zu einer Schullesung einladen würde, konnte sich der Autor nur seinerseits einen gewissen Bekanntheitsgrad verschaffen. André Hellmann tat dies per Post und per Telefon. Er hatte etwas zu bieten, zu dem er stehen konnte. Und er hatte Referenzen. Die Erst- und Zweitklässler mochten seine Verse und Reimgeschichten und unterschieden sich damit deutlich von den Verlagen, denen er bislang erfolglos seine Manuskripte offeriert hatte. Längst war alle Scheu von ihm abgefallen, und André Hellmann hatte aus der Not eine Tugend gemacht und in Ermangelung eines eigenen illustrierten Kinderbuches die Kinder selbst zu Illustratoren seiner Versgeschichten werden lassen. Auch hatte er im Laufe der Jahre seine pädagogischen Fähigkeiten verbessern können und vermochte es, mit Unterbrechungen und Fragestellungen die Spannung während seiner Lesungen über 45 Minuten zu halten. Rasch war ihm aufgegangen, dass er kaum auf die Unterstützung der Lehrerinnen und Lehrer zählen konnte, wenn es Schwierigkeiten mit der Disziplin einer Klasse gab. Es kam auch nicht gut an, wenn er händeringend den Blickkontakt zu eben jenen suchte, die in der letzten Reihe Platz genommen hatten und gedachten, endlich einmal das Klassenbuch auf Vordermann zu bringen oder dringende Elternpost zu erledigen.

Nach zwei, drei missglückten Unterrichtsstunden hatte es sich André Hellmann zum Prinzip gemacht, die Schülerinnen und Schüler vor ihm nicht mit »du da«, sondern bei ihrem Vornamen anzusprechen. Dazu brachte er vorbereitete und vorsorglich in einem Copy-Shop vervielfältigte Klassenspiegel mit, in die sich die Kinder der Tür-, Fenster- oder Mittelreihe zu Beginn der Stunde eintrugen. André Hellmanns Bekanntheit wuchs von Schullesung zu Schullesung beträchtlich. Vor allem in den Kleinstädten oder ländlichen Regionen kamen regelmäßig Vertreter der örtlichen Presse in die Schulen. Neben die Einspalter über Hühnerdiebe und Vorfahrtsmissachter setzten die angehenden oder in die Provinz strafversetzten Journalisten gern einen eigenständigen Artikel über das kulturelle Leben in der Region. Sie fotografierten André Hellmann vor und während der Lesung und blieben meist bis zum Klingelzeichen im Klassenraum, um im Anschluss an das Gehörte Meinungen der Schülerinnen und Schüler einzufangen. Für die Auflage einer Zeitung war es von Belang, wenn die Eltern und Großeltern von ihrem Kind oder Enkelkind im Lokalblatt eine Meinungsäußerung zu entdecken vermochten. Einmal musste André Hellmann sogar eine ganze Stunde lang die Aufmerksamkeit mit dem

Kameramann eines Regionalfernsehsenders teilen. Zudem war es Usus geworden, dass sich die Schulen auf eigenen Internetseiten präsentierten und sich jeder Gast auf deren Homepage wiederfand.

Von der Küchennische ging Hellmann zurück in das eine Zimmer, das er bewohnte. Ein kleiner Raum, in welchem er aß, schlief und wo sein Schreibtisch stand, an dem er an seinen Texten arbeitete oder stets am Monatsende die Auflistungen seiner Hausmeistertätigkeit ausfertigte. Heute hatte er noch bis Mittag für den Verwalter die Aufstellung über den Verbrauch an Putzmitteln für die Hausreinigung anzufertigen. Der Verwalter liebte Statistiken und errechnete monatlich den Pro-Kopf-Verbrauch an Reinigungsmitteln, Gießwasser für die Rabatten oder – wie jetzt im Winter – an Streusalz. Hellmann wusste, er würde sich überwinden müssen, um die Aufstellung bis Mittag zu schaffen. Kleine Inventur nannte der Verwalter seine regelmäßigen Abfragen. Und Hellmann war auf den Good will des Verwalters angewiesen. Immerhin ließ dieser ihn die Einzimmer-Wohnung kostenlos nutzen, übernahm sogar die Kosten für den elektrischen Strom und das Telefon und hatte die Hausmeisterwohnung neben der Miniküche auch mit einem Faxgerät ausstatten lassen.

Hellmann öffnete das Fenster und sah zum hellen Himmel hinauf. Er war kein Experte, der Niederschlag oder Trockenheit hätte vorhersagen können. Von mir aus, dachte er, soll es heute tagsüber schneien und von mir aus auch in der Nacht. Ich könnte heute meinen Dienst tun und morgen in aller Frühe noch einmal die Gehwege und den Fahrweg für die eingestellten Pkws räumen. Aber spätestens um 6.30 Uhr muss ich aus dem Haus, um die Tram 6.35 Uhr zu bekommen. Drei Haltestellen bis zum Bahnhof. Wenn die Bahn ausfällt, sind es zehn Minuten zu Fuß. Kurz nach sieben geht der Zug nach Hannover. Dort heißt es, umsteigen in den Anschlusszug nach Wagerhausen. Die Reise nach Wagerhausen war lange geplant und lag außerhalb des üblichen Radius. Einem Schriftstellerkollegen, den André Hellmann als Redakteur einer Literaturzeitschrift kennengelernt hatte, war es zu danken, dass er als unbekannter Autor in eine Jury berufen worden war, die über einen Preis für ein Romanmanuskript zu entscheiden hatte. Bei der ersten und bisher einzigen Zusammenkunft der Jury, die im Herbst während der Frankfurter Buchmesse stattgefunden hatte, wurde André Hellmann in einer der Messekojen den anderen Juroren als unser Autor aus dem Osten vorgestellt. Niemand fragte ihn nach seinem Werdegang oder nach seinen bisherigen Veröffentlichungen. Zur Jury zählten eine hagere Kolumnistin einer bekannten Wochenzeitung, in der André Hellmann manchmal im Lottoladen blätterte, wenn er dort Sammelfahrscheine für die Straßenbahn kaufte, ein hochgewachsener, agiler Professor für Deutsche Gegenwartsliteratur der Universität Gardefeld, der zum grüngrau melierten Anzug eine rote Fliege trug, die Preisträgerin des Vorjahres von mädchenhafter Gestalt sowie eine in Strickwaren gekleidete Buchhändlerin aus Wagerhausen. Natürlich trug die Buchhändlerin eine Brille. Sie gab André Hellman gegenüber zu, dass sie nur deshalb ihre Freizeit für das Lesen der vielen, meist untauglichen Einsendungen einsetzte, um darunter das eine Goldkorn zu finden, das dann als richtiges Buch auf ihrem Ladentisch landen würde. Denn eigentlich, gestand sie, hätte sie gegenüber Manuskripten eine Aversion. Nichts ginge über ein gut gestaltetes gebundenes Buch, mit Vorsatz und in Halbleinen, das am besten noch ein Lesebändchen zierte. André Hellmann hatte bestätigend zu den Worten der Buchhändlerin genickt. Selbstverständlich zog auch er gebundene Bücher den rasch zerfledderten Paperback-Ausgaben vor. Allerdings diktierte ihm sein finanzieller Status den Kauf von Taschenbüchern. Diese waren nicht nur wesentlich billiger, sie erforderten auch nicht denselben sorgsamen Umgang wie Bücher mit Einband.

Während der bebrillte Verlagsleiter, der, umrahmt von zwei gleichfalls bebrillten Assistentinnen, gleichermaßen auch als Juryvorsitzender fungierte, das Prozedere der Juryarbeit erklärte und darum bat, sich die Deadline, wie er sagte, zu notieren, hatte André Hellmann den Eindruck, von der Preisträgerin des Vorjahres verstohlen gemustert zu werden. Der Zuspruch sei, so der Juryvorsitzende, wie in all den Jahren zuvor überaus groß, aber niemand von den Damen und Herren aus der Jury solle erschrecken, vor allem nicht die beiden Neulinge, unsere Preisträgerin des Vorjahres und unser Autor aus dem Osten, denn in bewährter Weise hätten zwei Doktoranten aus dem Germanistischen Institut unseres Professors eine profunde Fleißarbeit geleistet und aus den 356 fristgemäß eingegangenen Manuskriptzusendungen 15 ausgewählt. »Diese 15 anonymisierten Zusendungen werden Ihnen heute ausgehändigt. Ich bitte darum, dass jeder anhand dieses, nun explizit schmaleren Konvoluts seine drei Favoriten bestimmt, und dass wir auf der Grundlage dieser Vorschläge bei unserer Jurysitzung Ende Januar dann den Preisträger oder, pardon, die Preisträgerin, ermitteln.«

Auf der Rückfahrt hatte sich André Hellmann die Manuskripte, die allen Juroren von den Assistentinnen ausgehändigt worden waren, auf den Schoß gepackt. Anschließend überschlug er die Menge. Insgesamt war es ein Lesestoff von circa 2.300 Manuskriptseiten. Das Mindestmaß für die Romanangebote betrug laut Ausschreibung 120 Seiten. Die Einsendungen durften jedoch 200 Seiten nicht überschreiten. Um alle Seiten zu lesen, waren 70 Tage Zeit, das hieß etwa 30 Seiten täglich. Ihrer Beteiligung, das gehörte zu den Bedingungen, hatten die Verfasser ein Exposé beigelegt. André Hellmann blätterte erst einmal wahllos in den Seiten. Bis auf eines waren alle Typoskripte aus einem Tintenstrahl- oder Laserdrucker gekommen oder von einem Kopierer vervielfältigt worden. Die Ausnahme bildete ein maschinengeschriebenes Manuskript, das beim Kopieren des Originals vergrößert worden war. Es war mühselig zu lesen und voller erkennbarer Tipp-Ex-Spuren. Die Mehrzahl der Einsendungen war mit Kennworten versehen. Das maschinengeschriebene Manuskript trug den Namen Franzk. Das war ungewöhnlich. Andere hießen schlicht Mitgift, Mahlgut, Blume, Wetter, Endspurt oder Hauslos, einige waren mit arabischen oder römischen Zahlenreihen versehen.

Als an diesem Tag, es war der Mittwoch vor der Jurysitzung, das Telefon klingelte, hatte André Hellmann die verschiedenen Manuskriptbündel, die in den vergangenen Wochen einige Lesespuren abbekommen hatten und mitunter wie durchgewalkt aussahen, gerade auf seinem Schreibtisch ausgebreitet. Im Oktober aus Frankfurt angekommen, hatte er sich mit geschlossenen Augen eine Reihenfolge zurechtgelegt. Mehrmals musste er sich zwingen, alle Manuskripte tatsächlich bis zur letzten Seite zu lesen. Einige Passagen hatte er nur überflogen. Über manchen Seiten war er eingeschlafen. Andere wiederum waren sich so ähnlich, dass er sich vergewissern musste, diese Einsendung nicht schon einmal gelesen und bewertet zu haben. Während der Lektüre hatte er sich zu jedem Beitrag Notizen gemacht. In den Tagen zwischen Weihnachten und Neujahr, als in der Wohnanlage Ruhe herrschte und er nur hin und wieder den Inhalt des Restmüllcontainers und der Papiertonne zurechtstampfen musste, damit sie noch mehr Verpackungsmüll oder Abfälle aufnahmen, war André Hellmann beim 15. Text angelangt.

Es war die maschinengeschriebene Einsendung mit dem Kennwort Franzk.

Nach Abschluss der Lektüre gab es für ihn zwei Favoriten, und er hatte sich fest vorgenommen, für diese beiden Texte zu streiten. Dabei sah er sich, wie in der eigenen Schulzeit, mit einem Lineal bewaffnet, den Germanistikprofessor attackieren. Er, den die Frau, von der er seit Jahresfrist getrennt lebte, einen Versager nannte. Er, der über keinen akademischen Abschluss verfügte und bislang nichts Nennenswertes veröffentlicht hatte. Die Linealattacke gefiel ihm. Aber ob der Juryvorsitzende, umrahmt von seinen Assistentinnen, sein Vorpreschen gutheißen würde, müsste sich erst erweisen.

Schlimmstenfalls, stellte sich André Hellmann vor, könnte es so sein, dass alle fünf Jurymitglieder Zettel mit den Kennworten ihrer Favoriten in einen Topf warfen und aus diesem dann, wie bei einer Lotterie, der Gewinner gezogen wurde. Oder, was ihm besser gefiel, es würde eine Statistik angefertigt, aus welcher sich dann ableiten ließ, welcher Text wie viele Stimmen auf sich vereinen konnte. Er musste an den Hausverwalter denken, der ein solches Verfahren gewiss begrüßt hätte.

Von beiden Romananfängen ging ein solcher Sog aus, dass sich André Hellmann durchaus vorstellen konnte, auf der Stelle anderen daraus vorzulesen. Beim Neujahrsessen seiner Mutter, die nach dem Tod des Vaters stets am 1. Januar ihre drei Kinder, ein bis drei Schwiegerkinder und mittlerweile drei Enkelkinder zu einem Festtagsmahl empfing, hatte er sowohl den Hauslos-Text als auch den Franzk-Text dabei und dann doch nicht die passende Gelegenheit gefunden, um daraus vorzulesen. Der erste Text erzählte auf famose Art von den durchweg weiblichen Bewohnern eines alten, indes baufälligen Fachwerkhauses, das in der Vergangenheit mittelbar oder unmittelbar an die Fronten mehrerer Kriege gerückt war. Der Schlussstein über dem Eingang wies auf das Jahr 1869 hin. Das Haus, dessen brüchige Lehmfächer stellenweise mit Ziegeln aufgefüllt worden waren, stand an der Gabelung zweier Straßen. Eine davon war Teilstück der früheren Salzstraße, die sich, von den Hallenser Salinen kommend, bis ins Böhmische streckte und als eine der wichtigsten Handelswege galt. Plündernde Franzosen waren hier vorbeigezogen, mit Seitengewehren, später mit Schnellfeuergewehren. Auch marodierende Russen waren hier und ertranken im Waschzuber. Deutsche kamen und rissen die weißen Betttücher von der Leine, schwenkten sie und ergaben sich. Das Angstwort Krieg gehörte zum Wortvorrat aller Generationen, auch dann noch, als sich das Haus in der Neuzeit an einen Antennenmast klammerte und die Welt erst in einem graufenstrigen, dann in einem buntfenstrigen Kasten steckte.

Der Franzk-Text hingegen beschrieb lediglich den Zeitraum von einem reichlichen Jahr und bestand hauptsächlich aus kurzen, schmucklosen Sätzen. Nur am Anfang uferte die Exposition etwas aus. Erzählt wurde die Geschichte eines Außenseiters, der die typischer Loser-

Biografie durchlitten hatte, sich nach Job- und Weibverlust plötzlich als Zeitungsbote wiederfand und mit zusätzlicher Handarbeit im Prag der Jahrtausendwende als Schmuckdesigner zu Umsatz und Geld gekommen war, sodass er seinen Ein-Mann-Betrieb in Form vieler scheinbarer Ein-Mann-Betriebe über das gesamte Stadtzentrum ausbreiten konnte. Als Logo für seine Firma hatte der Schmuckdesigner einen Käfer gewählt, der als Brosche in der Ausführung aus Kupferdraht die Touristen Schlange stehen ließ.

Einen einzigen Tag war Hellmann bisher in Prag gewesen. Da war er noch mit Isabell, seiner Frau, zusammen. Sie hatte es genossen, die Karlsbrücke entlang zu flanieren, und konnte sich an dem dort angebotenen Schmuck nicht sattsehen. Mitten auf der Brücke hörten sie Bach, eine seiner Fugen, und kauften zwei jungen Akkordeonisten eine selbstgebrannte CD ab.

Als das Telefon klingelte, war André Hellmann gerade dabei, die Manuskripte nach ihrer literarischen Wertigkeit zu ordnen. Er nahm ab, steckte den Hörer in die Halsbeuge und presste ihn mit der Schulter ans Ohr, um seine Hände weiter freizuhaben.

»Hallo«, meldete er sich und wartete auf eine Antwort. Es war früh am Morgen, und André Hellmann erwartete um diese Zeit keinen Anruf. Das Büro des Verwalters würde erst in etwa einer Stunde besetzt sein. Vorher war mit einem Anruf von dessen Seite kaum zu rechnen.

»Herr Hellmann?«, fragte die Stimme.

»Am Apparat«, parierte dieser.

»Gut, dass ich Sie erreiche. Es geht um die morgige Jurysitzung. Ich bin die Preisträgerin des Vorjahres. Sie erinnern sich?«

»Selbstverständlich erinnere ich mich. Ihr Buch war ja in Frankfurt auf der Buchmesse nicht zu übersehen.«

»Das freut mich, dass Sie sich erinnern …«

»Aber deshalb rufen Sie doch nicht an«, unterbrach André Hellmann die Preisträgerin des Vorjahres.

»Da haben Sie recht. Es geht mir um die morgige Jurysitzung.«

»Kein Problem, ich komme«, fiel Andre Hellmann der Anruferin sofort ins Wort, »auch wenn ich wegen des Schnees ziemlich früh los muss, um einigermaßen pünktlich zu sein.«

»Das heißt, Sie haben alles gelesen?«

»So könnte man sagen«, bestätige André Hellmann die Frage, um sie seinerseits zurückzugeben. »Und Sie, haben Sie den Packen geschafft?«

»Für mich war es schwer. Ich war die letzten drei Monate Stadtschreiberin in Fraunheim und musste eine Idee mit dem dortigen Theater umsetzen. Das heißt, ich hatte eine Idee für ein Stück eingereicht. Quadro, es hatte Silvester Premiere. Vielleicht haben Sie davon gehört?«

Hellmann schwieg.

»Die Aufgabe bestand darin, vier Einakter zu schreiben und sie mit je einem Personenquartett zu besetzen.

Natürlich mussten es stets dieselben Schauspieler sein. Sparzwänge, Sie wissen ja. Zur Premiere gab es stehende Ovationen. Ich habe so etwas noch nie erlebt und war überglücklich. Die Kolumnistin aus unserer Jury, Sie haben sie ja kennen gelernt, hat in der Beilage der Wochenzeitung ausführlich über die Premierenaufführung berichtet. Jetzt haben sich gleich zwei Berliner Theater beim Bühnenvertrieb gemeldet, um das Stück zu inszenieren.«

»Gratuliere«, äußerte sich Andre Hellmann knapp. Er spürte, dass die Preisträgerin des Vorjahres noch beim Vorgeplänkel war und auf etwas anderes hinauswollte.

»Aber eigentlich rufe ich nicht deshalb an. Ich wollte eher wissen, wie Sie die Wettbewerbstexte einschätzen.«

»Ehrlich gesagt, bin ich enttäuscht.«

»Das bin ich auch«, kam es erleichtert von der anderen Seite.

»Ich frage mich, ob das wirklich die 15 besten aus 350 Einsendungen sind oder ob hier nicht sehr lax mit den Romanangeboten umgegangen wurde?«

»Da kann ich Sie beruhigen, Manfred …«

»Welcher Manfred?«, fragte André Hellmann irritiert.

»Der Professor, der aus der Jury.«

»Der Germanist?«

»Ja, genau der. Also Manfred, der Fachmann unter uns, meint, er habe sich gemeinsam mit seinen Doktoranten die meisten Einsendungen angesehen, und die literarische Qualität sei, fanden alle drei, bei diesem Jahrgang wirklich dürftig.«

»Aber ich habe zwei …«

»Sie haben zwei?«

»Ja, ich habe zwei Texte, die mich total begeistern. Ich würde sie sofort drucken, wenn ich könnte. Da ich mich zwischen den zweien nicht so recht entscheiden kann, würde ich beide für den Preis vorschlagen.«

»Sagten Sie nicht, dass Sie enttäuscht sind?« Die Frage klang barsch.

Einen Moment ließ André Hellmann den scharfen Ton der Frage nachklingen. Ihm war unwohl, und er kam sich vor, als würde das Telefonat immer mehr in ein Verhör münden.

»Wie gesagt«, versuchte er eine Erklärung, »ich bin von den Textangeboten insgesamt enttäuscht. Wenn das wirklich die 15 besten aus 350 sein sollen, scheint in der Summe gesehen die Qualität der nachwachsenden Gegenwartsliteratur durchaus mager zu sein. Meine zwei Vorschläge machen ja nicht einmal ein Prozent aus.«

»Richtig«, ereiferte sich die Preisträgerin des Vorjahres. »Deshalb wollen wir ja auch in diesem Jahr auf eine Preisvergabe gänzlich verzichten. Die schlechte Qualität insgesamt würde den Preis nur beschädigen, meint Manfred. Er hatte, kommt hinzu, vor Weihnachten eine komplizierte OP. Außerdem ist die Mutter der Buchhändlerin an Neujahr gestürzt, sodass sie dringend Pflege benötigt. Wir wären also zur Jurysitzung gar nicht vollzählig. Deshalb soll ich Sie von der Entscheidung informieren.«

»Aber haben Sie denn die Geschichte von den obskuren Frauen, die ihr Haus zu einer Freihandelszone erklären, und die andere über den Zeitungsboten, der sich in Prag als Schmuckkünstler einen Namen macht, gar nicht gelesen? Das sind doch außergewöhnliche Texte, über weite Strecken einzigartig, die auf jeden Fall einen Preis verdienen. Vielleicht könnte man den Preis ja splitten und jedem die Hälfte geben. Damit wäre gewiss beiden Schreibern gedient.«

»Sie meinen es gut. Das ehrt Sie. Und ich werde mich auch dafür aussprechen, dass man Sie in der Jury belässt. Sie sind zuverlässig und haben offenbar ein gutes Händchen für Literatur. Möglicherweise bleibe ich selber auch noch ein Jahr dabei. Da es ja nun keinen Nachfolger geben wird. Ist ja gutes Geld und nicht zu verachten. Machen Sie's gut, und entschuldigen Sie noch einmal die frühe Störung, aber ich wollte, dass sie so zeitig wie möglich von der Entscheidung erfahren und sich nicht umsonst auf den weiten Weg machen.«

André Hellmann kam nicht dazu, noch ein Wort zu sagen. Längst hatte er die Hände von den Manuskripten und den Hörer in die Hand genommen. Wie einen verstärkten Pulsschlag spürte er zwischen seinen Fingern das Freizeichen.

Was nun?, dachte er. Was wird aus dem Franzk-Text und dem über das Haus? Da muss es doch eine vernünftige Lösung geben. Die Preisträgerin des Vorjahres ist doch nicht der liebe Gott. Er sah auf die Uhr und dann aus dem Fenster. Inzwischen hatte es zu schneien angefangen. Es war halb acht. Die Gehwege mussten geräumt und abgestumpft werden. Das fehlte noch, dass jemand hinfiel, während ich hier sitze, dachte Hellmann. Ihm fiel die Mutter der Buchhändlerin ein, und im selben Moment zog er seine Jacke an und schlüpfte in die gefütterten Stiefel. Im Hof griff Hellmann zu Schaufel und Schneeschieber. Wegräumen, das war eine gute Methode, um den Kopf freizubekommen. Nach neun würde er im Verlag anrufen und mit dem Juryvorsitzenden reden. Es muss doch noch eine andere Entscheidung geben, als den Preis in der Versenkung verschwinden zu lassen.

Die Finger waren noch klamm, als Hausmeister Hellmann vom Hof kam und die Nummer des Juryvorsitzenden eintippte. Ein Freizeichen erklang und eine der beiden Assistentinnen des Verlagsleiters sprach André Hellmann sofort beim Namen an und versprach einen baldigen Rückruf. Beinahe überschwänglich erkundigte sich der Juryvorsitzende nach André Hellmanns Befinden, fragte nach der Wetterlage und gab scherzhaft zu, dass das Ergebnis der Feiertage 1 : 0 für sein Übergewicht ausgegangen wäre. Als André Hellmann auf das Schreibmaschinentyposkript mit dem Kennwort Franzk und den unseligen Tipp-Ex-Spuren zu sprechen kam, fragte der Mann am anderen Ende der Leitung: »Wie, sagten Sie, heißt der Autor?«

»Das kann ich nicht sagen. Sie wissen doch, dass wir lediglich über Kennworte verfügen.«

»Ja, richtig. Dann können Sie auch nicht wissen,

dass sich kein einziger namhafter Autor, keine einzige medienwirksame Autorin unter den Einsendern befindet. Im vergangenen Jahr hatte wir ja mit unserer Wahl ausgesprochenes Glück. Unsere Preisträgerin, Sie kennen sie ja und haben sicher mitverfolgt, dass sie gerade sehr erfolgreich ihren Weg geht, war bekannt als Inselschreiberin und ist immerhin mit Anfang 20 in Milzstedt für ihre Lyrik ausgezeichnet worden. Sie war sozusagen kein unbeschriebenes Blatt, und die Stifter des Preisgeldes, die Nachkommen der großartigen Ilse Wehner-Neuhaus, waren mit unserer Wahl durchaus zufrieden. Die schon etwas in die Jahre gekommenen Söhne von Frau Ilse Wehner-Neuhaus haben es jedenfalls sehr genossen, als sie mit unserer attraktiven Preisträgerin fotografiert wurden. Sie werden mir zustimmen, so etwas müssen wir als Verlag stets im Auge haben. Auch Ihr Honorar, lieber Herr Hellmann, kommt ja nicht von ungefähr, sondern notabene von der Wehner-Neuhaus-Stiftung.«

Bei dem Wort Honorar dachte André Hellmann an die drei Monate, die er mit den Romanangeboten verbracht hatte. Keine Zeile hatte er in dieser Zeit für sich selbst zustande gebracht. Vielmehr hatte er, als Autodidakt der Feder, die es so nicht mehr gab, des Öfteren an seiner Begabung und an seinen Fähigkeiten gezweifelt und verschiedene Kompendien gewälzt, um sich zu vergewissern, ob das, was er las, tatsächlich die Kriterien eines Romans erfüllte. Der Roman als Königsform der Prosa? Die einzig wahre Form, um das Leben in seiner

Totalität darzustellen? Die Literaturwissenschaft, las er, kenne keine Rezepte, nur Plattitüden. Und eine Plattitüde blieb auch der Geldgedanke. Sollte er jetzt an seine verdiente Entlohnung denken? An sein Geld, das ihm nach drei Monaten zustand und ihn bei bescheidener Lebensführung über die nächste Durststrecke der langen Schulferien Juli-August bringen würde? Oder sollte er an das Geld denken, das den potenziellen Preisträgern verloren ging?

»Hallo«, war aus dem Hörer zu vernehmen. »Hallo, sind Sie noch dran?«

»Ja, bin ich. Ich bin noch dran.« André Hellmanns Stimme klang nachgiebig. Mit einem Mal hatte er nicht mehr das Gefühl, mit dem Mann am anderen Ende auf gleicher Augenhöhe zu kommunizieren. Er saß hier, in der Lebensmitte angekommen, auf seinem Secondhandstuhl an seinem Secondhandtisch, der für alles herhalten musste, für Essen und Trinken, für Schreiben und Lesen. Der andere thronte, war er sich gewiss, hinter einem protzigen Schreibtisch, dem André Hellmann kunstvoll geschnitzte Füße andichtete, und bekam im selben Moment von einer seiner beiden Assistentinnen seinen ins Rehbraune gemischten Kaffee serviert.

»Verstehen Sie mich bitte nicht falsch«, die Stimme des Juryvorsitzenden wirkte einschmeichelnd. »Ich toleriere durchaus Ihren Standpunkt und kann Sie gut verstehen. Auch ich halte die Situation nicht für optimal, geschweige denn für befriedigend.«

»Dann werden Sie sich für den Roman über den Prager Glücksritter und den über das Weiberhaus einsetzen? Beide halte ich für absolut druckreif«, schöpfte André Hellmann Hoffnung.

»Ich glaube, wir sind an einem Punkt, an dem ich deutlicher werden muss«, erwiderte der Juryvorsitzende verärgert und ließ den Dialog merklich abkühlen. »Wenn Sie sich weiter so vehement gegen die Entscheidung der Mehrheit der Jury stemmen, Herr Hellmann, müssten wir das Ergebnis insgesamt infrage stellen. Das würde bedeuten, dass, wenn wir nicht zu einer einhelligen Meinung kommen, sich das Verfahren selbst ad absurdum führt. Die Arbeit der Jury müsste als gescheitert angesehen werden. Und ich denke, das wollen weder Sie noch ich. Gar nicht davon zu reden, dass wir von all unseren Juroren sämtliche bislang von Verlagsseite verauslagten Zahlungen wie Fahrgeld und erste Honorarrate zurückfordern müssten. Denn von der Wehner-Neuhaus-Stiftung würden wir in einer solchen Situation keinen Cent mehr bekommen.«

»Aber Sie behalten die guten Texte doch im Auge?«, wagte André Hellmann einen schwachen Vorstoß.

»Aber gewiss doch«, kam es voller Erleichterung mit gütiger Bassstimme von der anderen Seite. »Sie müssen sich nicht sorgen, lieber Herr Hellmann, ein wahres Talent geht in unserem dichten Geflecht von Förderung und Begünstigung nicht unter. Glauben Sie mir, dazu bin ich zu lange im Geschäft. Dazu könnte ich Ihnen Beispiele über Beispiele nennen. Ich habe sogar ein ganzes Bücherregal, in dem ich nur Titel aufbewahre, die ein Erfolg geworden sind, obwohl sich vorher kein Lektor und schon gar keine Vertreterrunde dafür interessiert haben. Beim nächsten Treffen hier in unserem Verlagshaus zeige ich Ihnen gern meine Schätze. Auf jeden Fall freue ich mich, wenn ich das sagen darf, außerordentlich, dass wir uns einig geworden sind. Ich habe Sie von Anfang an als kooperationsfähig eingeschätzt und täusche mich selten. Schicken Sie uns einfach Ihre Fahrkarte zweiter Klasse, falls Sie diese schon erworben haben, wir kümmern uns um die Rückabwicklung bei der Bahn. Sie erhalten mit der Schlussrate sämtliche Auslagen zurück. Und bitte, behandeln Sie generell alle Manuskripte vertraulich. Am besten, Sie senden uns noch heute den ganzen Packen zurück. Legen Sie die Portoquittung einfach Ihrer Fahrkarte bei. Haben Sie nochmals Dank für Ihre Mitarbeit und hoffentlich auf ein Wiedersehen im nächsten Herbst.«

Wieder kam André Hellmann nicht dazu, seinerseits eine Grußformel anzufügen. Es knackte, und das Gespräch war zu Ende. Draußen fiel der Schnee in dicken Flocken zur Erde. Es war ein stummes Schweben, und die Welt schien wie in Watte gepackt. Vom Fenster aus sah Hellmann, wie der Minijobber, der einen Packen bunter Blätter im Arm trug, den Hof betrat. Prächtige Pulverschneeflocken saßen auf dessen kleinem Hut und hatten die Jacke in Weiß gehüllt. Als Hellmann die Haustür öffnete, standen sich die Männer mit einem Mal gegenüber.

»Kommen Sie, Sie sind ja ganz nass«, bat Hellmann den Mann herein. »Ich brühe uns einen Tee auf.«

»Heißer Tee, das klingt gut. Aber ich muss mit meiner zweiten Tour bis Mittag fertig werden.«

»Keine Widerrede, ich helfe Ihnen«, bestand Hellman auf seiner Einladung. »Solange es so heftig schneit, werden Ihre Werbezettel sowieso bloß nass, und niemand fischt nasses Zeug aus dem Kasten und trocknet es. Legen Sie die Blätter einfach auf der Treppe ab. Ich nehme nachher einen Teil und stecke ihn später den Mietern in die Briefkästen.«

Oben angekommen, schob Hellmann mit einer Hand dem Minijobber einen Stuhl zu und setzte mit der anderen den Wasserkocher in Gang. Zwei Teebeutel der gleichen Sorte ließen sich in Hellmanns Küche, die auf Besuch nicht eingerichtet war, schwerlich finden. Der Minijobber war, mit Ausnahme des Verwalters, der sich regelmäßig blicken ließ, der erste Gast an Hellmanns Tisch. Beide wärmten sie sich die Hände an den Teepotts, ohne auf die Sorte zu achten.

Als André Hellmann sah, dass der Mann vielmehr interessiert den Manuskriptstapel auf seinem Allroundtisch in Augenschein nahm, versuchte er ihn abzulenken und deckte gleichzeitig eines der ausgelesenen Anzeigenblätter darüber.

»Lesen Sie Romane?«, fragte er sein Gegenüber unvermittelt.

»Ja, jetzt, jetzt lese ich wieder. Vorher habe ich keine

fremde Zeile herunterbekommen. Da konnte ich würgen, wie ich wollte.«

»Wie meinen Sie das: fremde Zeile? Schreiben Sie etwa selbst?«

Der Minijobber nickte. »Seit vielen Jahren schon. Doch meinen Roman will bisher niemand haben. Nur ich selbst. Dabei ist es eine Erfolgsgeschichte, sozusagen mit gutem Ausgang. Jetzt habe ich sie aus mir heraus geschrieben. Auf einen Ritt, wenn auch in mehreren Versuchen. Es war wie eine Obsession. Ich war ich, und der Stoff klebte an mir.«

»Das glaube ich Ihnen. Das Ich kann viel.« André Hellmann sah den Mann eindringlich an.

Nachdem dieser einen Moment gezögert hatte, wurde er direkt: »Sind Sie hier aufgewachsen, ich meine, hier im Osten?«

Und als André Hellman dies bejahte, fügte er hinzu: »Dann wissen Sie sicherlich, wie man sich fühlt, wenn man die ganze Zeit leichtfüßig flaniert und die Straße unerwartet ein Ende hat und man vor einem Stoppschild steht. Nichts geht mehr. Und plötzlich finden Sie sich wieder mit einem Buggy voller Reklame und karren den von Haus zu Haus. Sie verbreiten Dinge, die Sie eigentlich gar nichts interessieren. Das meiste von dem, was ich feilbiete, können sich Leute wie ich sowieso nicht leisten. Da fängt man an zu trinken oder zu schreiben. Von meinem Roman gibt es sechs oder sieben Anfänge. Manchmal kam ich mir vor, als kopiere ich Leonard Frank, der von sich gesagt hat, dass er den Anfang eines Romans 40-mal probieren musste. Die Zeit heute ist der von Franz Kafka nicht unähnlich. Deshalb habe ich die Handlung einfach in die Goldene Stadt transferiert. Ob das klug war, weiß ich nicht, aber mir hat es geholfen, einen Draufblick auf meinen Helden zu kriegen. Aber Held, was sag ich? Wer ist das schon? Doch ich will Sie nicht langweilen mit meinen Geschichten. Außerdem muss ich weiter. Wir 450-Euro-Jobber werden streng kontrolliert und fliegen, wenn die Werbung nicht pünktlich vor jeder Aktion im Kasten ist. Ich brauche die Arbeit. Sie gibt mir die Freiheit, schreiben zu können. Das heißt sobald ich meine Touren hinter mir habe, gehört der Tag ganz allein mir und meinem Schreiben. Ob daraus Literatur wird, wage ich nicht zu beurteilen. Natürlich hofft man als Autor immer darauf. Aber wirklich beeinflussen kann man nur seine eigenen Sätze. Aber genug geredet. Ich muss weiter. Haben Sie vielen Dank für den Tee. Er tat wirklich gut.«

Als unten die Tür ins Schloss fiel, suchten André Hellmanns Augen erleichtert den Tisch ab. Das Franzk-Manuskript war in dem ungeordneten Stapel unter der Werbezeitung auf den ersten Blick nicht zu erkennen gewesen.

Die Frisur der Mutter

Er hatte am Fenster gestanden und sie kommen sehen. Sie trug einen knielangen gesteppten Mantel und eine Wollmütze. Bepackt war sie mit einer Art Musterkoffer und einer Handtasche. Als er sah, dass sie durch den vom Schneepflug am Straßenrand aufgehäuften Schnee stapfte und nach der Hausnummer suchte, hätte er am liebsten das Fenster aufgerissen und ihr den Weg gewiesen. Aber die äußeren Flügel des Kastenfensters waren wie stets im Winter vereist und ließen sich nicht öffnen. Er spürte nur mit einem Mal die Kälte von draußen und sah, wie sich sein Atem an der Scheibe niederschlug.

Rasch schloss er den inneren Flügel und eilte zum Korridor. Dort wartete er, bis ihre Schritte im Treppenhaus zu hören waren. Nachdem er das Deckenlicht gelöscht hatte, klappte er den Türspion nach oben und schaute hindurch. Er sah sie langsam näher kommen. Die Unsicherheit war ihr anzusehen. Er hatte ihr die Zahl des Stockwerks genannt. Jetzt suchte sie die Namensschilder an den

Wohnungstüren ab, wovon nur das mit der Messinggravur auf den ersten Blick lesbar war. An den anderen Wohnungseingängen waren am Türpfosten Pappschilder angezweckt, auch leuchtete rot eine Haftnotiz. Nur mit Mühe ließen sich die Namenszüge entziffern.

Ihm war bewusst, dass er zeitig genug das Türauge schließen musste, sollte sein Spähen nicht entdeckt werden. Ohnehin ärgerte ihn der konkave Schliff der Linse, der ihrer sich nähernden Erscheinung eine gerundete Form gab. Der Gedanke erschreckte ihn, ihr Gesicht als Ei zu sehen. Dabei hätte er sie gern einmal in aller Ruhe betrachtet. Im Laden, wenn sie die Kundschaft frisierte und er sie – erst durchs Schaufenster, dann im Ladeninneren – beobachtet hatte, gab sie von ihrem Gesicht oft nicht mehr als das Profil preis. Nur einmal war es ihm gelungen, ihr Antlitz länger zu fixieren. Das war an dem Tag, an dem er telefonisch mit einer Männerstimme den Friseurtermin vereinbart hatte. Zum Termin war er extra eine halbe Stunde früher gekommen. Noch bevor er an der Reihe war, hatte er ihr Gesicht, das der Friseurspiegel auf schöne Weise verdoppelte, ungeniert betrachten dürfen. Nachdem sie mit der Kundin fertig war und während der Meister diese abkassierte, senkte sie den Friseurstuhl ab und trat selbst vor den Spiegel, ehe sie einen Augenblick später den Kopf beim Kehren senkte und ihr halblang geschnittenes Haar wiederum ihr Profil verdeckte. Dieser kurze Blick, der ihm an diesem Tag ermöglicht wurde, linderte gleichwohl seine Enttäuschung. Denn der Inhaber des Friseurgeschäfts hatte ihm unumwunden erklärt, dass Mademoiselle, wie er sie nannte, nur Damen frisiere, und er für die Herren der Schöpfung zuständig sei. Dann war alles recht schnell gegangen. Sein mit den Jahren schütter gewordenes Haar vermochte den Friseurmeister nicht lange zu beschäftigen. So war ihm auf dem mechanischen Stuhl keine weitere Gelegenheit gegeben, ihrer aus den Augenwinkeln heraus noch einmal ansichtig zu werden. Erst als ihm die Idee kam, für die er sich am liebsten selbst auf jene Schulter geklopft hätte, die der Friseurmeister eben noch mit einem Pinsel abgekehrt hatte, war seine Enttäuschung wie weggeblasen. Leise, ohne dass ihre Schritte zu hören waren, folgte sie dem Ruf ihres Chefs, »Kundschaft für dich!«, und kam aus einer Nische des Ladens hervor, im Arm ein paar grellfarbene Spraydosen, mit denen sie sogleich eine Reihe im Regal auffüllte.

»Der Herr hat einen Wunsch, Madeleine.«

Als er das hörte, war er verunsichert, ob der Friseurmeister kurz zuvor wirklich Mademoiselle gesagt hatte oder er sich verhört haben musste. Rasch brachte er seinen Wunsch vor. Er sah sie an, obgleich sie den Kopf geneigt hielt, während sie im Bestellbuch blätterte und den einen oder anderen freien Termin nannte.

Der Tonfall ihrer Stimme gefiel ihm und erinnerte ihn an die Konservenstimme der Ansagerin in der Straßenbahn, die kurz vor jeder Einfahrt in die Haltestelle erklang und ihn schon einmal das Aussteigen hatte versäumen lassen.

Als er wieder draußen vorm Laden stand, frisch frisiert und das Bestellkärtchen in der Hand, ärgerte er sich plötzlich über sich selbst. Auf dem Weg hierher hatte er vor dem Gemüsegeschäft gegenüber, das ein Asiate führte, auf dem Bordstein eine Bananenkiste gesehen. »Bitter nicht Parken«, stand darauf. Warum habe ich mich nicht einfach als Ausländer ausgegeben, fragte er sich jetzt. »Ich-nicht-verstehen«, das wäre doch das Zauberwort gewesen. Ich hätte mit den Händen reden und auf sie zeigen können. Unablässig. »Möchten-bitteschön-to-miss-cut!« Vielleicht hätte der Meister die Mademoiselle zu sich gerufen, um gemeinsam auf den unbequemen Kunden einzugehen. Vielleicht hätte sich der Mann erweichen lassen und nachgegeben. Ein Kurzhaarschnitt, was bedeutet das schon, wenn dann endlich Ruhe herrscht. Kundenzufriedenheit, das oberste Gebot. Die Vorstellung, ihre Fingerspitzen auf seiner Kopfhaut zu spüren, erregte ihn.

Aber er hatte ja die Bestellkarte, ein Date, wie sie im Büro sagten. Und an den Tagen bis dahin mied er das Friseurgeschäft. Er hatte die irrationale Angst, dass sie oder der Meister ihn erblicken und aus dem Laden stürmen könnten, um den Termin abzusagen.

Jetzt gab es nur noch eine drei Zentimeter dicke Eingangstür, die sie trennte. Es dürfte kaum mehr als eine Sekunde dauern, bis sie die Klingel betätigte. Dann stünden sie sich gegenüber.

Er hielt den Atem an, als er ihre Schritte vor der Tür hörte. Tatsächlich, die Klingel ertönte.

Viel zu schnell hatte er die Tür geöffnet. Ihr konnte nicht entgangen sein, dass er nur auf ihr Klingelzeichen gewartet hatte.

»Soll ich die Schuhe ausziehen?« Die Friseurin blieb auf der Fußmatte stehen.

»Das brauchen Sie nicht«, erwiderte er. Es sollte großmütig klingen.

»Aber sie sind voller Schnee. Außerdem habe ich bei Außenterminen immer ein Paar zum Wechseln dabei.«

»Wenn Sie wollen, dann ziehen Sie die Schuhe aus. – Soll ich sie warm stellen?«, setzte er fürsorglich hinzu.

»Geht schon, danke.« Sie winkte ab, als sie abwechselnd auf einem Bein stand und sich in geübter Weise die Stiefel von den Füßen zog.

Es waren Absatzschuhe, die sie jetzt trug und die ihr den Anschein gaben, auf der Stelle um fünf Zentimeter gewachsen zu sein.

Sie sieht sehr jung aus, jünger als im Laden. Vielleicht ist sie erst Mitte 20, dachte er. Ich werde ihr zu alt sein.

Nachdem sie, ohne auf ein Zeichen zu warten, ihren Mantel an die Garderobe gehängt hatte, langte sie nach dem Handkoffer. Sie stand kerzengerade. Ihr Körper zeigte die Bereitschaft, ihm auf ein Wort oder auf eine Geste hin in eines der Zimmer oder in Küche oder Bad zu folgen.

»Ich habe uns Tee gekocht. Möchten Sie?«

»Sehr gern. Tee tut gut.«

Sie lächelte höflich, während beide das Wohnzimmer betraten.

»Aber bitte ohne Zucker, wenn es Ihnen nichts ausmacht.«

Als sie sich am Tisch gegenüber saßen, auf dem nur zwei Gedecke standen, und beide im selben Moment nach ihrer Teetasse griffen – er, damit seine Hände beschäftigt waren, sie, um ihre klammen Finger daran zu wärmen –, stellte sie die berechtigte Frage: »Ihre Mutter macht sich wohl nichts aus Tee?«

»Doch, doch«, antwortete er beflissen. »Schon, aber sie ist noch nicht da. Sie müsste aber jeden Moment kommen. Machen Sie sich keine Sorgen wegen der Bezahlung. Wir hatten ja einen Festpreis pro Stunde vereinbart. Für die Wartezeit können Sie nichts, dafür komme ich selbstverständlich auf.«

Sie nickte, und ihrem Blick war anzusehen, dass für sie eine solche Regelung nicht außergewöhnlich war. Sie lehnte sich zurück und schaute sich im Wohnzimmer um.

»Schöne alte Möbel haben Ihre Eltern, und alles so gepflegt.«

Seine Augen folgten den ihren, und er war in dem Moment froh, dass er nach dem Tod der Mutter nichts in der Wohnung verändert hatte. Vergaß man, dass die Bestatter sie in einem Aluminiumsarg abgeholt hatten, war es so, als würde sie jeden Moment wiederkommen.

»Meine Mutter … die Möbel sind meiner Mutter … mein Vater ist schon lange tot«, berichtigte er und hatte das Gefühl, mit dieser Wahrheit die Lüge von eben halbiert zu haben. Wie auf Geheiß schlug die Standuhr. Sie schaute auf ihre Armbanduhr, als wollte sie beide Zifferblätter miteinander vergleichen. Er wusste, dass zwei Minuten später sein Mobiltelefon klingeln würde. Er hätte den Alarm nicht passender manipulieren können.

Zeitgleich mit dem Klingelzeichen rückte sie auf ihrem Stuhl vom Tisch ab und hob behände den Musterkoffer auf ihren Schoß und öffnete ihn. Er griff sofort in seine Hosentasche und stoppte das Alarmzeichen, sodass es seinem Gegenüber wie ein Anrufton erscheinen musste.

Als er »Ich verstehe« gesagt hatte und »Bis dann«, schaute sie ihn fragend an.

»Ich würde gern schon einmal alles aufbauen, dann geht es schneller. Ich habe noch andere Kundschaft, die wartet. Immer mehr ältere Frauen wünschen inzwischen Hausbesuche. Gerade jetzt im Winter, da wollen die alten Leutchen nicht so gerne vor die Tür.«

»Das verstehe ich. Aber es gibt ein Problem. Sie haben es gerade erwähnt, als könnten Sie hellsehen: Meine Mutter ist auf dem Weg nach Hause ausgerutscht. Ich muss sie mit dem Taxi abholen.«

»Ist es schlimm?«, erkundigte sie sich und klappte im selben Moment den Koffer wieder zu. »Ich kann Sie doch fahren, wenn Sie wollen. Wo ist es denn? Vielleicht liegt es für mich auf dem Weg.«

Er erschrak. Damit hatte er nicht gerechnet. »Nein, nein«, wehrte er eilig ab. »Ich möchte nicht, dass Sie meinetwegen Schwierigkeiten haben. Mir wäre es lieber, Sie kämen, wenn meine Mutter wieder auf dem Posten ist.«

»Wie Sie wollen. Und wenn Sie mir heute nur das Fahrgeld geben, wäre das Okay. Unser Meister ist human, wenn ich ihm sage, warum wir den Termin verschieben mussten. Es liegt ja so etwas wie ein Notfall vor.«

Schnell hatte er ihr das Geld zugesteckt und sie verabschiedet. Die Wohnungstür hielt er offen und lauschte jedem ihrer Schritte nach. Es stimmte ihn froh zu wissen, dass ein einziger Anruf genügen würde, sie wiederzusehen.

Wiederkehr

1

Leipzig-Hauptbahnhof. Tom Bergmann wartete auf den Zug. Ihm war, als liefe vor ihm ein Trickfilm ab, und eine Geisterhand stellte immer mehr Menschen auf den Bahnsteig. Viele hatten das für einen Vorortzug typische Handgepäck bei sich. Wohl deshalb fiel Tom Bergmann sofort die junge, zartgliedrige Frau auf, die einen kompakten Koffer hinter sich herzog.

Als der Zug einfuhr, hielt er sich hinter ihr und bestieg, ihr galant sogleich den Koffer in den Wagen hievend, denselben Waggon wie sie. Gleich im ersten Teil des Wagens nahm die junge Frau, die sichtlich Mühe hatte, ihr Gepäck vor sich her zu bugsieren, den erstbesten Platz.

Bergmann fand ebenfalls im selben Wagen Platz und setzte sich so, dass er die junge Frau im Blick behalten konnte. Auch wenn er dafür mit dem Rücken in Fahrtrichtung sitzen musste, was ihm sein Magen gemeinhin übel nahm.

Diesmal aber blieb Bergmanns Magen still, im Moment jedenfalls, und er konnte sich ganz der verstohlenen Betrachtung hingeben. Als sie ein wenig den Kopf neigte, sah er, wie sie ihr Haar trug. Exakt mittig gescheitelt, trug sie es im Nacken zu einem Knoten zusammengebunden. Die Frisur verlieh ihrem Gesicht Symmetrie, und man musste ein genauer Beobachter sein, um die geringfügigen Abweichungen der einen Gesichtshälfte von der anderen zu bemerken. Tom Bergmann entdeckte den kleinen Leberfleck über einer Braue sowie die nicht ebenmäßige Länge beider Mundwinkel. Überhaupt hielt er sich mit seinem Blick an ihren Lippen fest und stellte sich vor, er könne das sanfte, ein wenig spröde Rosa mit einem kräftigen Kuss in ein kräftiges Rot verwandeln.

Ihn faszinierte, wie ihr oval geformter Kopf auf dem zartgeschwungenen Rumpf saß und dass Kopf und Schultern ein zierlicher Hals verband. Ihm war, als gelte sein Blick einer klassischen Frauenbüste, geschaffen, sie zu berühren.

Vielleicht hatte sie, als sie ihn ansah, gelächelt. Vielleicht hatte sie auch nicht gelächelt. Er wusste es nicht. Er wusste nur, dass sein Zielbahnhof mit einem Mal viel zu schnell angekündigt wurde, sich im selben Moment der Himmel verdunkelte und sich das plötzlich aufflackernde Kunstlicht wie eine Lasur auf die Gesichter legte.

2

Beim Aussteigen fragte Bergmann erneut, ob er wieder helfen dürfe. Die junge Frau nickte beinahe selbstverständlich und überließ Bergmann das voluminöse Gepäckstück. Er ging mit kleinen Schritten vor ihr her, hangelte sich schließlich die Stahlstufen hinunter und hatte Mühe, den wuchtigen Koffer ohne Gleichgewichtsverlust aus dem Waggon zu heben. Tom Bergmann spürte, dass er sich zu viel zumutete, und unterdrückte seine Atemnot.

Als er sich umsah, stand die junge Frau bereits auf dem Perron und blickte ihn dankbar an. Ihre graugrünen Augen dunkelten im selben Moment ins Braune nach. Ein Vorgang, der ihm Glauben machte, dass sich ihre Augenfarbe wie auf einer Farbpalette mischen würde. Dem sah er staunend zu, doch konnte er seine Augen ja nicht ewig auf die ihren richten. Schnell schaute er sich deshalb nach einem Kofferkarren um, kramte eine Münze aus der Hosentasche und löste einen Wagen von der Kette.

Das Innere des Vorort-Bahnhofgebäudes war überfüllt. Die Menschen drängten sich vor den verglasten Türen und sahen dem Regen zu, wie er lange dichte Striemen zwischen Himmel und Bahnhofsvorplatz spannte. Einige Wagemutige, die draußen unter der Überdachung ausgeharrt hatten, traten mit nass gespritzten Mantelschößen und Hosenbeinen in die Halle zurück.

»Was halten Sie davon, wenn wir beide einen Kaffee trinken?«, wandte sich Bergmann kühn der jungen Frau zu, froh, den Abschied etwas hinauszögern zu können.

»Warum eigentlich nicht«, erwiderte diese, um dann mit einem leicht spöttischen Zug um den Mund hinzuzusetzen: »Aber zwei Kaffee sollten es schon sein.«

»Natürlich zwei«, bestätigte Bergmann schnell und dirigierte die junge Frau und den Wagen zu einem Stehtisch.

Bei all der Aufregung, die bis in seine Fingerspitzen vordrang, verschüttete er selbstverständlich etwas von dem Getränk auf die Untertassen, als er das Kaffeegeschirr vom Büffet zum Stehtisch balancierte. »Fußbad«, bemerkte Bergmann entschuldigend. Doch die junge Frau kümmerte es nicht, schnell nahm sie ihm die Tasse ab, goss den Kaffee in das Gefäß zurück, hob es an und sagte:

»Prost! Und lass um Himmels willen das Sie weg!«

»Wie du meinst: Ich bin Tom, eigentlich Thomas, aber so nennt mich fast niemand.«

»Und ich bin Sophie, laut Pass Sophia, aber das A ist mir und den meisten zu lang.«

»… und hast die Welt bereist, Sophie, wie ich sehe«, bemerkte Tom Bergmann und deutete dabei auf den bunten Kofferanhänger einer ihm unbekannten Airline an Sophies Gepäck.

»Nordafrika, wir waren in Marokko. Ouarzazate, wenn dir das etwas sagt. Sehr heiß, sehr trocken. Wir haben wie unter einer Glasglocke gelebt. Auch im Hotel. Der Hibiskus blüht dort, soviel ich weiß, das ganze Jahr. Nervig sind bloß die Händler, die heften sich einem an die Fersen, sobald man nur einen Blick in Richtung ihrer Auslagen riskiert. Am verführerischsten aber sind die Düfte dort. An jeder Straßenecke steht einer und brutzelt etwas anderes, und der Kaffee, den sie dort anbieten, ist mit unserem nicht zu vergleichen.«

Die junge Frau trank daraufhin einen Schluck aus der Tasse und sagte dann knapp: »Ja, wirklich nicht.« Dann sah sie auf die Bahnhofsuhr und nahm rasch einen Stift aus ihrer Handtasche, riss kurzerhand eine Seite aus einem Notizbuch, das sie mit einem Mal in der Hand hielt, kritzelte ein paar Zahlen darauf und hielt diese Bergmann hin.

»Hier, meine Telefonnummer. Wenn du magst, ruf mich an. Tut mir leid, ich muss wirklich los! Und danke für den Kaffee.«

Und ohne ihm Zeit für eine Reaktion zu lassen, drehte sie sich um, löste behände die Bremse von dem Kofferkarren und bewegte ihn zum Ausgang.

3

Als Tom Bergmann wenig später den Bahnhof verließ, hatten sich die Wolken gelichtet. Reste des Regens tropften von den Bäumen. Die Pfützen auf den Wegen glichen Himmelsscherben.

Die Altstadt ließ sich stellenweise nur im Gänsemarsch passieren. Meterweise wurde die Straße von kleinen, beweglichen Baggern aufgerissen. Gebräunte Männer gruben sich unter den Asphalt und durchstießen mit Rohren das lehmige Erdreich. Andere rissen den alten, nunmehr anarchisch anmutenden Straßenbelag heraus und ersetzten die speckglänzenden Schlackequader durch gleichgroße graue und rote Betonformsteine.

Ein Durchkommen war über Strecken nur auf schmalen Stegen und zugbrückenähnlichen Brettergerüsten möglich. Die Fassaden etlicher Häuser, die hier in Reihe standen, waren außerdem eingerüstet und mit dichten grünen Netzen umspannt.

Die Kleinstadt, so schien es, wollte sich wandeln und offenbar mit all jenen Städten eine Verschwisterung vollziehen, durch die die Karawane der Stadtmöblierer bereits gezogen war, um fortan unter vereinheitlichten Bogenlampen, Papierkorbhaltern, Litfaßsäulen und Werbeaufstellern als verwechselbares deutsches Schmuckstück zu firmieren.

Für Tom Bergmann gab es in dem Moment keine Erinnerung an das frühere Bild der Kleinstadt im Umfeld von Leipzig. In seiner Erinnerung hatte er die Stadt einst im Halbdunklen betreten und im Halbdunklen wieder verlassen. Fünfeinhalb Monate hatte er hier verbracht. Gezählte 168 Tage und elf Stunden. Weggeschlossen hinter die Mauern des Jugendwerkhofes, bewacht von Hunden und Wärtern. Umgeben von Stacheldraht, hohem, glasscherbenbekronten Mauerwerk, vergitterten Fenstern. Bestraft ohne eine Tat, ohne ein Urteil, ohne einen Prozess.

Von Kinderheim zu Kinderheim war er verschickt worden. Die Härte der Bettpritschen entsprach nicht selten der Härte der Erzieher. Tom galt als renitent. Immer vermochte er aufzufallen. Einmal bemalte er mit Schuhcreme seine Unterhemden, ein Vergehen, das streng geahndet wurde, denn die Heimwäsche galt als Volkseigentum. Ein anderes Mal heftete er ein Papierherz an die Wandzeitung, das die Initialen eines von vielen Jungs begehrten Mädchens trug, direkt auf das Jackett des dort abgebildeten Staatsratsvorsitzenden. Gab es Kartoffelpampe, modellierte er nicht selten Plastiken aus den Mahlzeiten. Am liebsten Frauenbrüste. Er galt als verdorben.

Der Grund, dass er das erste Mal zur Umerziehung eingewiesen wurde, war ein bleiches, den Namen Bratwurst nicht verdienendes Wurstkettenglied, das die Küche fast so roh wieder verlassen hatte wie es angeliefert worden war. Für Tom Anlass genug, die Nahrungsaufnahme zu verweigern und daraus mit Hilfe von Sauerkraut und zwei ungepellten Kartoffeln ein Abbild männlicher Genitalien zu formen. Bis dahin hatte er auch die Lacher auf seiner Seite. Zum Verhängnis wurde ihm nur, dass er den Teller, so wie er war, in den Mädchenspeiseraum lancierte und dort ein Kreischen losbrach, das dem Kreischen des Eisentores, durch das er schließlich wenig später zur Umerziehung zu treten hatte, nicht unähnlich war.

Tom wusste vorerst nicht, welcher Art sein Dossier war, das ihm als langjährigen Heiminsassen von Station zu Station begleitete und alle Tadel und Belobigungen enthielt, die geeignet waren, die Linie seines Lebens ins Dunkle oder ins Helle zu führen. Jahre später erst erfuhr er, dass die Begleitpapiere ihm eine sexuelle Verfehlung bescheinigten, ohne diese näher zu bestimmen. Was sich seine Erzieher darunter vorstellten, zeigten diese Tom, wann immer das nach deren Gusto war.

Für den abschwächend als Lockerungsübungen bezeichneten Zwangssport galt stets das gleiche Ritual. Jeder hatte beim Raustreten zum Zählappell auf der Stelle zu trippeln, bevor es zur Aufmunterung auf den steinernen Hof ging, und dabei die Arme und Beine rhythmisch zu bewegen. Gleichzeitig war mit den Armen eine Art Ruderbewegung zu vollziehen, die einige Mutige auch für ein Schattenboxen im Beisein und in Zielrichtung ihrer Peiniger nutzten. Wer dabei ertappt wurde, erhielt »SB« (Sonderbehandlung), die ohne weiteres auch in eine »SBV« (Sonderbehandlung – verschärft) umgewandelt werden konnte. Das lag allein im Ermessen des Erziehers.

Mehrmals hatte Tom Bergmann »SBV« erhalten, ohne sich je am Schattenboxen beteiligt zu haben. Um die verschärfte Sonderbehandlung erleiden zu müssen, genügte in seinem Fall schon sein offensichtlicher, wachstumsbedingter Haltungsfehler, den sein Erzieher mit Strenge und den Worten zu korrigieren trachtete, dass nur in einem gesunden Körper auch ein gesunder Geist wohnen könne. Spezielle Strecksprünge hatte sich Erdmann für Toms sogenannte körperliche und moralische Ertüchtigung ausgedacht. Unterstützt durch ein Trillerpfeifenkommando ließ er Tom im Dreisprung direkt auf eine der steinernen Anstaltstreppen zuspringen und wertete jede Steigerung der dabei erreichten Stufenanzahl als persönlichen Erfolg. Toms Körper schlackerte jedes Mal, und er fror förmlich vor Hitze und rang, wenn er die Tortour über sich ergehen lassen musste, mit dem Erbrochenen in seinem Mund.

Erdmann, der Tom niemals bei seinem Namen nannte, sondern ihn von Anfang an »unseren Thomaner mit dem glockenhellen Stimmchen« hieß, zwang Tom nicht selten schon beim Morgenappell ein Pionierlied anzustimmen, in das die anderen jedes Mal züchtig einzufallen hatten: »… Thälmann woll'n wir gleichen … Deutschlands unsterblichen Sohn, Thälmann und Thälmann vor allem, Stimme und Stirn der Nation …«

Wieder in der Altstadt angekommen, stieß Bergmanns Blick auf das typische Interieur eines Kartoffelhauses, wie es in bald jeder Stadt Mitteldeutschlands zu finden war. Die Kartoffelvielfalt und noch mehr die Brotvielfalt zählte er zu den Vorzügen der neuen Zeitrechnung, für die er den Begriff Füllezeit gefunden hatte. Mit Appetit las er das Speisenangebot, bestellte sich eine gebackene Riesenkartoffel mit viel Zaziki und griff nach seinem Telefon.

Sofort erkannte er ihre Stimme. Auch wenn sie nur ein fragendes »Hallo« verlauten ließ.

Tom war aufgeregt, und die Aufregung wuchs mit der Befürchtung, sie könne auflegen, noch ehe er seinen Namen in den Hörer gestammelt hatte.

4

»Ich dachte mir schon, dass du es warst, sonst hätte ich gleich wieder aufgelegt, als da nur Schweigen im Hörer war; solche Anrufe sind mir eigentlich unheimlich«, sagte Sophie, als sie sich am anderen Morgen wie verabredet vor der Tür der Hotelpension trafen, in der Bergmann in der Nacht zuvor das Bett unter das Fenster gerückt hatte, um den Himmel sehen zu können. Seit Jahren konnte er nur noch Schlaf finden, wenn er den Kopf in Nähe des Fensters betten konnte und ihm nichts die Aussicht nach den Sternen verstellte.

In die Nacht blickend, hatte er an Sophie gedacht und sich vorgestellt, er müsste nur das richtige Zauberwort kennen und sie ließe sich auf der Stelle von ihm in dieses Viel-Sterne-Hotel beamen, um bei ihm zu liegen und all die Himmelskörper zu schauen, die wie eine filigrane Seidenstickerei das Firmament umspannten. Darüber war Bergmann schließlich eingeschlafen.

Beim morgendlichen Zähneputzen schmeckte er sofort, wo er war. Seine Geschmacksnerven erinnerten sich auf der Stelle an das fluorithaltige Wasser, das hier aus der Leitung kam, und sein Spiegelbild nahm für einen Moment die Gesichtszüge eines hochgeschossenen, blassen, einseitig ernährten Jungen an. Noch immer war sein Bartwuchs spärlich, und alle während der Pubertät unternommenen Versuche, ihn durch stündliches Rasieren oder Kuren mit Zwiebelschalen zu beschleunigen, waren selbst zehn Jahre später ohne sichtbaren Erfolg geblieben.

Bergmann wischte mit feuchter Hand über sein Spiegelbild, das hinter einem feuchten Schleier zur Unkenntlichkeit geriet, und schrieb auf die nasse Oberfläche mit dem Zeigefinger in Großbuchstaben S-O-P-H-I-E.

Wenig später spürte Sophie die Wärme, die von dieser Hand ausging. Das war ihr angenehm, und sie behielt die Hand länger in der ihren, länger als es für eine Begrüßung nötig war.

Bergmann ließ es willig geschehen und machte seine Hand so leicht wie möglich. Aber bereits eine Winzigkeit später zog Sophie ihre Hand unvermittelt zurück, und die Hand Bergmanns fiel beinahe ins Leere. Doch schnell hatte er sie wieder aufgefangen und fragte unvermittelt: »Zeigst du mir die Stadt?«

»Heute ist Markttag«, verriet Sophie. »Magst du?«

»Aber ja«, beteuerte Bergmann, griff nach Sophies Fahrrad, das neben dem Eingang zur Pension lehnte, und schob es so, dass es nicht zwischen ihnen war. Am Marktplatz angekommen, lehnte Bergmann das Fahrrad an einen der Bauzäune. Sophie schloss es an, ließ die Luft aus dem Vorderrad und steckte das Ventil in die Tasche.

»Mir sind schon drei Fahrräder geklaut worden. Die Methode hilft – bis jetzt jedenfalls. Ich muss zwar jedes Mal Luft aufpumpen, aber zur Polizei und Versicherung rennen, das ist anstrengender und vor allem viel nerviger. Und bringt das Rad auch nicht zurück.«

»Zum Aufpumpen hast du ja diesmal mich«, sagte Bergmann beflissen und winkelte dabei lachend den Arm an, um demonstrativ die Muskulatur seines Oberarms anzuspannen. Sophie spielte mit und befühlte mit deutlicher Anerkennung Bergmanns nicht eben übermäßig ausgebildeten Bizeps. Dann überließ sie ihm in dem Menschengewühl, dessen sie Gewahr wurden, mit kindlicher Geste ihre Hand, und beide wandelten in der Menge.

Doch nicht lange, dann zog ihn Sophie an diesen und an jenen Stand, wies auf die wie Handpuppen aufgefädelten rosa Räucheraale, auf einen auf Eiskristall gestrandeten Fisch, setzte sich und ihm je nach Belieben Sonnenbrillen und Hüte auf, zog ihn zu einem Käsewagen, auf dessen Theke eidottergelber, sandgelber, goldgelber Käse, geschnitten, geviertelt und gewürfelt, aufgetürmt war. Ohne auf seine Zustimmung zu warten, schob Sophie ihm drei verschiedene Probierhäppchen mit einem Mal in den Mund. Dann lotste sie ihn zu einem Tisch mit Tafelobst, lachte mit dem Charme einer Mundräuberin dem schwarzlockigen Händler zu und langte nach einem rotbäckigen polierten Apfel, der jedem Illustrator der Schöpfungsgeschichte als Abbild tauglich erschienen wäre. Bergmann würgte noch am Käse, als ihm Sophie bereits den Apfel vor den Mund hielt. Gutwillig biss er in die Frucht, deren Saft ihm sogleich den Mundwinkel herunterlief. Ehe er in seiner Hosentasche nach einem Papiertuch angeln konnte, hatte Sophie das süße Rinnsal mit ihrem Munde aufgesogen.

»Sich hier zu küssen, wäre filmreif«, bemerkte Bergmann kühn und streckte Sophie erwartungsvoll das Gesicht entgegen.

»Hat mir zu viele Statisten, dein Film«, entgegnete Sophie forsch. »Aber ich weiß eine Stelle, da gibt es weder einen Beleuchter, noch einen Kameramann.«

»Dann lass uns fix aus dem Bild gehen!«, rief Bergmann. Und diesmal war er es, der Sophie den Weg bahnte.

5

Am Ausgang der Stadt wurde das Land flach. Eine Brücke erstreckte sich über den Fluss, welcher der Stadt eine natürliche Grenze zog. Am anderen Ufer säumten Wiesen den Weg und ließen Halme aufgerichteter Kornrade sprießen.

Mit einem Fahrrad, dem zwei zu befördern aufgegeben war, wurde der Weg hierher beschwerlich. Bergmann trat, so kräftig er konnte, in die Pedale und sagte Sophie nichts davon, dass es ihm Mühe kostete, das Gleichgewicht zu halten. Er rang förmlich mit dem Lenker des Fahrrades, das bei jeder Unebenheit auszuscheren drohte, um sich so des doppelten Gewichts zu entledigen. Bergmann steuerte nach Kräften dagegen, und es gelang ihm, die Richtung beizubehalten und das Gefährt nicht zum Kippen zu bringen.

Als Sophie ihm schließlich ein Zeichen gab, anzuhalten, sprangen sie beide erleichtert ab. »Das ist mein Grünhaus«, bedeutete Sophie, während sie auf eine Uferweide zeigte, deren Blattwerk bis zum Boden rankte. Als sie davorstanden, teilte sie die herunterhängenden Äste wie einen Vorhang und bat Tom einzutreten.

Hinter dem Astgeflecht des Baumes war das Licht grün und wirkte wie gedimmt. Bergmann und Sophie setzten sich an den Fuß der Weide und waren für eine Weile stumm.

Schließlich war er es, der die Stille unterbrach und an Sophie die Frage richtete, die ihm die ganze Zeit auf der Zunge lag: »War das eine Gruppenreise, von der du gestern gekommen bist?«

»Eine Gruppenreise?« wiederholte Sophie, um Zeit für eine Antwort zu gewinnen, und fragte dann nach: »Du meinst Marokko?«

Und Bergmann nickte.

»Eine Gruppenreise, nein, nicht direkt … ich war mit meinem Freund dort, besser gesagt mit meinem Ex-Freund.«

Und als Bergmann schwieg und ihrem Blick auswich, fügte sie hinzu, als sei sie sich gewiss, dass diese Erklärung nun angebracht ist: »Wir haben uns während des Urlaubs getrennt. Es ist etwas anderes, mal 14 Tage rund um die Uhr aufeinanderzuhocken, da lernt man sich besser kennen, als wenn man sich nur abends mal ein paar Stunden sieht und ansonsten die freien Tage gemeinsam verbringt. Für mich war die totale Nähe auf einmal ziemlich belastend. Ich weiß nicht, ob du das Gefühl kennst. Immer mit dem anderen in einem Raum sein. Immer miteinander das Bad teilen. Immer an ein und demselben Tisch sitzen. Immer gemeinsam einschlafen. Immer gemeinsam aufwachen. Es ist, als atmet der andere dir quasi die Luft weg.«

Hier stimmte Tom mit deutlicher Geste zu. Und wie gut er doch das Gefühl kannte, am Morgen die immergleichen Gesichter zu sehen, auf die Gerüche zu treffen, die den anderen Körpern innewohnten, sich die Stumpfheit zu wünschen, die mit schlechter Luft gefüllten Sprechblasen an einem abprallen zu lassen. Doch, um das Gespräch nicht in der Zustimmung versanden zu lassen und Sophie ein wenig herauszufordern, widersprach er: »So ist das nun mal in Beziehungen, da ist es normal, alle Zeit zu teilen. Wirklich Verliebte wollen 25 Stunden am Tag miteinander verbringen. Denk ich jedenfalls.«

»Vielleicht war es gar nicht das tägliche Zusammensein«, ergänzte Sophie, »vielleicht habe ich ihn ja durch die totale Nähe auch nur intensiver als bisher kennengelernt. Mich hat zum Beispiel grässlich genervt, dass er ständig am Essen rumgemäkelt hat. Statt Couscous verlangte er Kartoffeln, statt Lammfleisch sein geliebtes Schweineschnitzel. Schon morgens beschrieb er lang und breit die Vorzüge deutscher Küche. Aber am meisten hat mich entrüstet, dass für ihn die Schwarzen ›Bimbos‹ waren. Ich dachte, ich höre nicht recht, er hat sie tatsächlich so tituliert und sich von ihnen vorn und hinten bedienen lassen. Und wie wir bedient wurden! Uns mangelte es an nichts. Es war, als bekämen wir Weißen den Tand unserer Vorfahren, die vor Urzeiten die Eingeborenen mit bunten Glasperlen abgespeist haben, nun in flüssiger Form verabreicht. Bunte Cocktail-Shakes gegen die Golden-Master-Cards in unseren Taschen. We have all inclusive! Wir zahlen, damit die leben, hörte ich von etlichen Touristen. Mein Ex-Freund hat da keine Ausnahme gemacht.«

Tom Bergmann sah, wie sich Sophies Gesicht vor Eiferröte verfärbte, und legte spontan seine Hand auf die ihre. Es war eine andere Hand als die, die sie ihm am Morgen vor der Pension gegeben oder die ihn auf dem Markt durch die gebahnten Gassen gezogen hatte. Die Hand war warm und klein und öffnete sich ihm wie der Kelch einer Blume. Bergmann küsste diese Hand, verweilte mit seinen Lippen auf ihr und küsste dann die Beuge des Arms, zu der diese Hand gehörte, küsste die Schulter, zu welcher der Arm führte, küsste den Nacken, zu dem sich die Schulter erhob. Angekommen an dem graziösen Hals, holte er für eine Sekunde Luft. Augenblicklich drehte Sophie ihm das Gesicht zu, und beider Münder berührten sich sacht. Er drückte sie an sich und behielt eine Weile seine Augen geschlossen. In ihm war warmes rotes Licht, das ihn weder Zeit, noch Raum fühlen ließ.

Plötzlich aber rissen ihn Sophies Worte in die Wirklichkeit zurück: »Sag mal, was führt dich eigentlich in unser Städtchen? Du stammst doch sicher nicht von hier, wenn du im Hotel wohnst.«

Auf diese Frage war Tom Bergmann in diesem Moment nicht vorbereitet. Sie traf ihn wie die Vergangenheit, mit der sie verbunden war. Um die Frage zu beantworten, hätte er Sophie ohne Umschweife von seiner kurzen Kindheit und noch kürzeren Jugend erzählen müssen. Eine Zeit, die Bergmann verabscheute und die sich in seiner Erinnerung immer mehr auf den modrigen Geruch eines triefenden widerlichen Wischlappens reduzierte, wie er im Heim beim Säubern der Sprelacart-Tische Verwendung fand.

Rasch erwiderte er: »Beruflich ... ich bin aus beruflichen Gründen hier.«

Sophie sah ihn für einen Moment skeptisch an und fragte dann mit Ironie in der Stimme: »Willst du hier etwa als Bürgermeister kandidieren? Das ist, glaube ich, der einzige Posten, den diese Stadt mit schöner Regelmäßigkeit zu vergeben hat. Stets suchen sie einen Retter! Wie im Märchen, alle warten sie auf den Helden, der für sie den Drachen Arbeitslosigkeit besiegt.«

Ich bin weder Bürger, noch Meister; die zwei Substantive, aus denen ich mich zusammensetze, heißen Heim und Kind, dachte Bergmann, ohne den Satz auszusprechen, und schüttelte statt zu reden mit dem Kopf.

Sophie sah ihm in die Augen und erhob sich mit einem Mal von ihrem Platz. »Lass uns gehen«, sagte sie entschlossen und öffnete ihr Grünhaus, indem sie das hängende Astwerk der Weide beiseitezog. Bergmann nickte, nahm Sophies Fahrrad und schob es zurück in die Stadt. Auf dem Weg dorthin schwiegen beide. Es war ein Schweigen, das keiner von ihnen als Last empfand. Ein Schweigen, das wie ein wortloses Gespräch war. Beide waren sie in Gedanken bei dem anderen. In Übereinstimmung gingen sie nebeneinander her und ließen es geschehen, dass sich beim Gehen ihre Schultern und Arme berührten.

Im Zentrum der Kleinstadt angekommen, griff Sophie nach dem Lenker ihres Fahrrades: »Das letzte Stück fahre ich lieber. Ich muss noch etliches erledigen. Wenn du willst, können wir uns ja abends sehen. Ruf einfach an.«

Bergmann wusste schon, dass sie keine Antwort abwarten würde, und trat zurück, dass Sophie aufsteigen konnte.

6

An der Rezeption ließ sich Tom Bergmann den Weg erklären und hatte wenig später den Zugang zur Siedlung am Park schnell gefunden. Er zwang sich, langsam zu gehen, als er seine Schritte in die schmucke und gepflegte Eigenheimsiedlung lenkte. Weiden und Haselnusssträucher reichten über die Zäune, und ein fülliger Baumbestand gab den Häusern Schatten und Würde.

Zweimal lief er an dem gesuchten Haus vorbei, ohne dessen Nummer zu entdecken. Schließlich stand er davor. Ein hoher, eiserner Zaun friedete das Grundstück ein. Das Vorgartentor zierte ein Messingschild. Bergmann las den Namen E. Erdmann – und in seinem Kopf hallten sofort die Worte wider: »Erdmann hat Schicht«. Auf der Stelle spürte er seinen Herzschlag schneller werden, roch den eigenen Schweiß und den Schweißdunst Erdmanns, der sich verbreitete, sobald er den Arm zu zackigen Kommandos schwenkte. Auf-nieder! Auf-nieder! Auf …!

Tom Bergmann wurde schwindlig, und er spürte den Wunsch, sich irgendwo hinzusetzen und mit einem Schluck Wasser das Würgen im Hals zu stillen. »Er kann wohl nicht mehr«, hörte er Erdmanns Stimme fragen. »Er hat wohl zu viel gewichst? Da wollen wir ihn mal auf Vordermann bringen, unseren ungläubigen Thomas mit dem glockenhellen Stimmchen. Na los, dann mal fix in die Hocke gegangen und die Arme vor und gesungen: Hoppe, hoppe, Reiter, wenn er fällt, dann schreit er! Aber wann fällt er denn? Wann schreit er denn? Er fällt ja noch gar nicht. Also, noch mal! Und kräftig gesungen: Hoppe, Hoppe, Reiter …! Die Arme strecke er richtig vor, unser Thomas, ich will einen rechten Winkel sehen! Und 45 Grad bei den Beinen! Und Hopp, und Hopp!«

Tom fasste sich mit beiden Händen an die Schläfen, drückte die Handteller gegen den Kopf und versuchte, die Stimme in seinem Kopf abzuschwächen. Dann holte er tief Luft, stützte sich auf das halb hohe verriegelte Eingangstor, atmete noch einmal kräftig durch und drückte schließlich den runden, in eine Bronzepfanne eingelassenen Klingelknopf.

Es tat sich nichts. Vielleicht hätte ich kräftiger drücken müssen, dachte Tom und betätigte den Klingelknopf abermals. Er sah angestrengt auf die Tür, doch tat sich wiederum nichts.

Erschrocken fuhr er zusammen, als im Obergeschoss ein Fenster aufgestoßen wurde und Erdmanns Schädel erschien.

»Was wollen Sie?«, fragte mit barscher Stimme der Mann.

»Ich, ich wollte Sie sprechen«, stieß Tom stockend hervor.

»Mich sprechen, wozu?«, erwiderte Erdmann, und als Tom nicht sofort antwortete, fügte er hinzu: »Machen Sie sich keine Mühe, wir kaufen nichts.«

Und ehe es Tom richtig begreifen konnte, hatte Erdmann im selben Moment das Fenster geschlossen und die Gardine zugezogen. Sprachlos stand Tom am Tor, sein Kopf war noch immer dem Fenster zugeneigt, durch das Erdmann gerade gesprochen und es wieder verschlossen hatte.

Ich hätte es wissen müssen, sagte sich Tom; mit dem Mann ist nicht zu reden, jedenfalls nicht auf diese Art. Anzeigen sollte ich ihn. Da würde er vor eine Kommission geladen, müsste mir Auge um Auge gegenüberstehen. Und Farbe bekennen. Aber nein, Farbe bekennen muss er jetzt und hier.

Erneut drückte Tom den Klingelknopf.

Im selben Augenblick sprang die Haustür auf. Erdmann füllte mit seiner Statur fast den Rahmen aus und polterte los: »Hab ich Ihnen nicht gesagt, wir kaufen nichts! Die Elektroheizung, die ihr Brüder mir angedreht habt, funktioniert nicht richtig. Außerdem ist inzwischen Strom erheblich teurer als Öl. Und das Dach, das Dach ist auch undicht. Schluss, aus, ich habe meine Lehren gezogen. Bei mir ist für euch Halbgewalkte kein Cent mehr zu holen!«

»Aber, Herr Erdmann, erkennen Sie mich denn nicht, wissen Sie nicht, wer ich bin?« Die Frage hatte Tom leise ausgesprochen, dabei hätte er sie herausschreien wollen.

Einen halben Schritt machte Erdmann auf Tom zu. Auf dem Treppensockel blieb er stehen und fragte sichtlich irritiert: »Was wollen Sie? Was wollen Sie von mir?«

Tom sah Erdmann an. Er war in dem Augenblick um eine wirkliche Antwort verlegen. Ja, was will ich eigentlich von ihm? Was habe ich erwartet? Eine Entschuldigung? Ein gutes Wort? Versöhnung? Die Fragen in seinem Kopf kreiselten und dehnten die Zeit schmerzhaft aus.

Erdmann tat einen weiteren Schritt auf Tom zu, ohne jedoch den Eingangsbereich zu verlassen. Vielleicht waren es acht oder zehn Armlängen, die sie jetzt voneinander trennten.

Tom verspürte den Drang zurückzuweichen, doch hielt er sich am Eingangstor fest.

»Ich will, dass Sie mir in die Augen sehen, Erdmann! Ich will, dass Sie sich daran erinnern, jeden Tag und jede Nacht, Jungs wie mich drangsaliert zu haben. Sie haben ein Haus, unsereiner hat einen Herzfehler!«

»Machen Sie sich doch nicht lächerlich, junger Mann. Ich habe nichts weiter, als meine Pflicht getan. Es war meine Aufgabe, Sie zur Räson zu bringen. Wäre ich es nicht gewesen, hätte Ihnen ein anderer die Hammelbeine langgezogen.«

»Kommen Sie her, Aufseher Erdmann, hierher. Ganz nah.« Tom richtete sich auf, atmete tief ein und hatte im selben Moment alle Angst vor diesem Mann verloren.

Aufgeregt ruderte Erdmann mit den Armen. »Verschwinden Sie, verschwinden Sie endlich, wir kaufen nichts. Das ist Hausfriedensbruch. Wenn Sie nicht verschwinden, rufe ich die Polizei!«

»Sie sollen herkommen und mir in die Augen sehen, das ist alles, was ich verlange«, beharrte Tom.

Mit einem Mal machte Erdmann eine ausladende Geste. »Gut, dass du kommst!«, rief er über Toms Kopf hinweg. »Der Typ hier belästigt uns!«

Bergmann drehte sich um und stand Sophie gegenüber.

»Was ist hier los, Vater?«, fragte sie. »Und was machst du hier, Tom?«

Einen Moment lang bekam Bergmann kein Wort heraus. Er wich Sophies Blick aus und sagte leise: »Lass dir's von ihm erklären, deinem glorreichen Herrn Vater! Wusstest du, dass er ein Sadist ist? Hat er dir als Kind auch seine Sonderbehandlung verabreicht?«

7

Tom Bergmann lief durch die Straßen der Kleinstadt, ohne einen Blick für sie zu haben. Der Marktplatz war fast menschenleer. Zwei Frauen, mit grellbunten Westen, fegten die Reste des Markttages zu einem Haufen, neben dem ein Kleintransporter stand. Als er in ihrer Höhe war, hielten sie inne. Bergmann hatte das Gefühl, ihre Blicke würden ihm gelten, ebenso die Worte, die sie sich zuriefen und die ihm unverständlich blieben.

Rasch steuerte er eine Seitenstraße an. Am Ende stand er im Grünen, vor sich den Fluss, und erblickte am anderen Ufer die Weide, Sophies »Baumhaus«.

Bestimmt kommt sie hierher zurück, hoffte er, und wird mich an dieser Seite des Ufers entdecken. Wir werden uns gegenüberstehen, uns anschauen, und ich werde ihr zeigen, wie wichtig sie mir ist. Sie wird sehen, dass wir keine Königskinder sind, wenn ich vor ihren Augen den Fluss durchschwimme.

8

Sophie hatte nach einem kurzen Wortwechsel mit ihrem Vater das Fahrrad bestiegen und war Bergmann nachgefahren. Umsichtig durchkämmte sie die Straßen der Umgebung nach ihm. Und als sie ihn an keiner Stelle entdecken konnte, fuhr sie zum »Altstädter Hof«, in dem Tom Quartier bezogen hatte.

Zielstrebig fragte sie die Bedienung nach einem Thomas, der hier Gast sein müsse. »Einen Augenblick«, trällerte die Frau, die scheinbar mühelos mit einer Hand ein rundes Tablett voller Halblitergläser Bier an Sophie vorbei zum Freisitz des Restaurants balancierte.

Mit dem Satz: »Eigentlich dürfen wir ja keinerlei Auskunft über unsere Hausgäste geben, Fräulein«, quittierte die Frau, die im »Altstädter Hof« sogleich Kellnerin, Kaltmamsell, Zimmermädchen, Portier und Inhaberin in einer Person war, Sophia Erdmanns Frage.

Am Tonfall der Antwort war jedoch für Sophie unschwer zu erkennen, dass die Frau ihr ansah, wie es um sie und Tom bestellt war. Und tatsächlich fügte sie, nachdem sie sich im leeren Gastraum demonstrativ umgesehen hatte, im Flüsterton hinzu: »Sie sind doch eine von Erdmanns, stimmt's? Ihrem Herrn Vater kann man ja fast nichts abschlagen. Und mit Ihnen, Fräulein, geht es mir nicht anders. Der junge Herr, der das Zimmer oben in der ersten Etage hat, passt zu Ihrer Beschreibung. Obwohl es zum Hof hin viel ruhiger ist, wollte er unbedingt zur Straße raus schlafen. Übrigens ein feiner Mensch, wirklich. Mit Manieren. Leider ist er nicht da. Er ist schon am Vormittag weggegangen. Aber seine Sachen hat er noch oben. Auf jeden Fall treffen sie ihn bei uns wieder an, das kann ich Ihnen verraten. Mein Mann und ich, wir sind handelseinig mit dem jungen Mann geworden. Zum nächsten Ersten steigt er bei uns als Koch ein. Hat erstklassige Referenzen, Ihr Freund. Alle Achtung.«

Sophie wurde rot im Gesicht, es ärgerte sie, die Antwort nur wegen ihres Vaters bekommen zu haben. Ohne Dank und Gruß ließ sie die verblüffte Frau stehen.

Draußen lief sie eine Weile vor dem Restaurant auf und ab und schaute immer wieder nach beiden Enden der Straße. Sie wusste nicht, wie lange sie auf Tom gewartet hatte. Es dunkelte, und sie nahm ihr Fahrrad und schob es heim.

Als Tom Bergmann in den »Altstädter Hof« zurückkam, war der Gastraum leer und abgedunkelt. Die Stühle waren auf die Tische gestellt und reckten ihre Beine nach oben. Als er sah, dass der Spielautomat noch immer am Netz war, zog er umsichtig den Stecker.

Sein Zimmer erschien ihm kalt und unwirtlich. Dennoch ließ er das Fenster offen. Sterne aber fand er in dieser Nacht nicht am Himmel.

Über das Ziel hinaus

Er musste immer wieder zu ihr hinsehen, sah sie an und dachte: Komm, nimm endlich deine Augen von dem Buch und gib mir einen einzigen Blick. Und tatsächlich hob sie in diesem Moment den Kopf, sah einen Augenblick lang aus dem Fenster, um sich dann sofort wieder in das Buch auf ihrem Schoß zu vertiefen.

Die Straßenbahn fuhr laut auf den Gleisen, und die wenigen Fahrgäste saßen – bis auf ein älteres Pärchen – jeweils einzeln auf den Doppelsitzen. Niemand sprach ein Wort. Nur ein Automat rief rechtzeitig den Namen der nächsten Haltestelle auf.

Gern wäre er aufgestanden, um sich neben sie zu stellen. Vielleicht hätte ein Blick genügt, um herauszufinden, welcherart ihre Lektüre ist. Er stellte sich vor, auf einen gängigen Namen aus dem Schullesestoff zu stoßen, wie Tonio Kröger oder Myschkin oder auf eine Namensabkürzung wie K. oder C., um auf dieser leichten Fährte rasch einen Anlass für ein Gespräch zu finden.

Doch stieg keine Schar älterer Frauen ein, denen er ungezwungen hätte seinen Sitzplatz anbieten können. Auch hatte er nicht den Mut, einfach aufzustehen und sich auf den freien Platz neben sie zu setzen. Also blieb ihm nichts weiter übrig, als seinen Blick auf sie zu richten und diesem so viel Suggestionskraft wie möglich beizugeben.

Sieh auf, sieh zu mir, bat die Stimme in seinem Kopf. Und er betrachtete ihr wirres rastalockiges Haar, das an einer Stelle von einem Zopf zusammengehalten wurde, in den bunte Bänder eingeflochten waren. Ihr Gesicht, das von den Stirnhaaren etwas verdeckt wurde, war schmal und dunkel, und nur wenn sie für einen Moment den Kopf hob, vermochten ihre Augen Helligkeit zu verströmen.

Vielleicht liest sie ein fremdsprachiges Buch, dachte er mit einem Mal, und ist nur zu Besuch hier oder auf dem Weg zum Bahnhof, wie er, der dort auf eine andere Straßenbahnlinie umsteigen wollte. Sie würde den Zug nehmen und sich Hunderte oder gar Tausende Kilometer entfernen.

Er streckte den Kopf aus und konnte auf dem Sitz neben ihr oder zu ihren Füßen keine Reisetasche oder Ähnliches entdecken. Die Straßenbahn näherte sich dem Bahnhof, ohne dass sie Anstalten machte, ihren Platz zu verlassen. Nur einmal huschten ihre Augen durch die Bahn; und er hatte das Gefühl, dass sie für einen Moment auf ihn gerichtet waren.

Die Tür in seiner Nähe sprang auf. Er zögerte. Was jetzt?, dachte er. Wenn ich aussteige, sehe ich sie gewiss nicht wieder. Und wenn ich sitzen bleibe, wird sie es wirklich bemerken?

Einige Passanten stiegen am Hauptbahnhof ein, und die Bahn füllte sich. Er hatte Mühe, sie im Blick zu behalten, rutschte auf seinem Platz hin und her und schließlich auf den Sitz nebenan, weil ein schmaler Mann mit einem breitkrempigen, auffälligen, bunt gemusterten Hut ausgerechnet den Platz vor ihm einnahm und ihm die Sicht verstellte.

Das Mädchen schaute von seinem Buch auf, sah ihn unvermittelt und, wie ihm schien, eine Ewigkeit lang an. Er merkte nicht, dass diese Ewigkeit nur wenige gefahrene Meter anhielt. Denn schon bremste die Straßenbahn ab und fuhr in die nächste Haltestelle ein. Das Mädchen versenkte seinen Blick wieder im aufgeschlagenen Buch, und er fand Gefallen daran, es ohne jedes Wieder-weg-sehen-Müssen mit einem ausdauernden Blick zu betrachten.

Dann wurde es auf einmal laut. Vier oder fünf jungenhafte Männer mit kurz geschorenen Schädeln brachen wie Jungbullen, denen das Tor zur Tränke geöffnet wurde, in die Bahn. Einer von ihnen griff sofort nach der Kopfbedeckung des Mannes, nahm sie ihm vom Kopf und setzte sich unter dem Jubel der anderen den breiten Hut mit den bestickten Bändern auf.

Die anderen Glatzköpfigen riefen dem Hutträger zu: »Zu mir, zu mir!« und streckten die Hände aus. Dieser ließ den Hut durch die Bahn segeln und rief: »Fangt ihn euch«. Eine der Glatzen schnappte danach, und das Spiel wiederholte sich.

Jetzt riefen die anderen: »Zu mir, eh, zu mir!« Bis schließlich die Begeisterung nachließ und der Hut auf allen vier Kahlschädeln gelandet war.

Der Besitzer des Hutes hatte keinerlei Anstalten gemacht, dem Ganzen Einhalt zu gebieten. Anfangs war er noch bemüht darum, dem Hutflug mit seinen Augen zu folgen. Doch als er sehen musste, welche Blessuren der Filzhut zu überstehen hatte, zog er den akkurat frisierten Kopf zurück und verbarg ihn zwischen seinem hochgestellten Mantelkragen.

Der junge Mann, dessen noch seidener Blickkontakt zu dem Mädchen mit einem Mal wie eine Spinnwebe zerrissen war, ertappte sich, wie er von seinem Sitz wegrückend versucht war, seinen Körper hinter dem nunmehr barhäuptigen Mann zu halten.

Für die Meute der Glatzen, die wie eine Kette mit gleichen Gliedern über den Gang verteilt war, galt der Spaß bald als verbraucht, und das eben noch heftige Gelächter verebbte. Der Hut lag eingedrückt auf dem Boden, ohne dass ihn einer der Fahrgäste zur Kenntnis nahm oder sich gar nach ihm bückte. Man vermied jede Bewegung, um nicht von den Glatzköpfen bemerkt zu werden.

Die Straßenbahntüren sprangen an der nächsten Haltestelle auf. Den großschädeligen, hutlosen Mann hielt es nicht länger auf seinem Sitz; fast unbemerkt hatte er den Türöffner betätigt, um mit einem Satz, gleich mehrere Stufen nehmend, der Bahn zu entkommen.

Jetzt saß der junge Mann ziemlich schutzlos der im

Gang stehenden Horde gegenüber. Die Fahrgastreihen hatten sich gelichtet.

Das Mädchen, gleichfalls versucht, nicht aufzufallen, drückte förmlich seine Augen auf die aufgeschlagenen Seiten des Buches, welche vor ihm verschwammen.

Da zerriss ein lautes »Oi« die künstliche Stille im Wagen. Einer der Glatzen war auf das Mädchen zugesprungen und hatte ihm das Buch entrissen. »Was liest denn die Kohle da!«, rief er und warf das Buch einem anderen Glatzkopf zu. Dieser fing es auf und bemerkte nach einem kurzen Blick auf den Titel: »Psychokacke, damit wisch' ich mir nich' mal 'n Arsch ab.« Schließlich streckte er das Buch einem hageren blassen Mann zu, der schwarze Reiterhosen und ein senffarbenes Uniformhemd und im Gegensatz zu den anderen eine gescheitelte Frisur trug.

»Nehmen wir uns die mal ran«, sagte plötzlich einer und ging mit einem seiner Kumpane auf das farbige Mädchen zu.

Der junge Mann konnte nicht sehen, was die beiden vorhatten, sie standen unmittelbar vor dem Mädchen und bedeckten es mit ihren Körpern. Dass sie versuchen würden, es zu begrapschen, konnte er nur ahnen. Auf jeden Fall war ihm klar, dass er dem Mädchen beistehen musste. Er überlegte und sah sich die Typen an. Insgesamt, mit dem Hageren, waren es fünf. Die vier Glatzen sahen nicht aus, als würden sie mit sich reden lassen. Oft genug hatte er davon gehört, dass diese Leute kurzen Prozess mit ihnen missliebigen Personen machen und sie in solchen Situationen kurzerhand und nicht selten bei voller Fahrt aus der Straßenbahn werfen.

Des jungen Mannes Augen suchten die des Hageren. Dieser sah steif in die andere Richtung, als wüsste er, dass in seinem Rücken bald ein Schrei zu hören sein würde. Und tatsächlich schrie das Mädchen: »Pfoten weg! Ihr Schweine!«

Der junge Mann erschrak. Jetzt, jetzt muss ich handeln, sagte er sich. Und wieder suchten seine Augen das Augenpaar des Hageren.

Einer der beiden rief in die Runde: »Hält mal einer die Tatzen von diesem schwarzen Vieh, das schlägt um sich und kratzt.« Schon traten die übrigen Glatzen hinzu. Ein Pulk aus Bomberjackenarmen und Stiernacken tat sich vor den Augen des jungen Mannes auf.

Er erhob sich und spürte sofort sanften Druck, der ihn auf den Sitz zurückpresste.

»Du willst doch nicht so unarisch sein und diesem Stück Scheiße helfen?«

Der junge Mann blickte in das makellose Gesicht des Hageren, der auf ihn aus undurchdringlichen Augen herabsah.

Was tun die, was tun die ihr an, schoss es ihm durch den Kopf, und er schaute sich in der Straßenbahn um. Die zwei Frauen hinter ihm lenkten ihren Blick angestrengt nach draußen. Und auf der Seite, auf der der Hagere stand, saß auf einem einzelnen Fensterplatz ein vielleicht 30-jähriger Mann mit ziemlich breiten Schultern. Ich und er, dachte der Jüngere und sah Bilder von einem wirbelnden Bud Spencer vor sich und wusste doch sofort, dass er nicht im mindesten so gebaut und nicht einmal halb so mutig war, um als Supermann zu agieren.

Was aber tun? Die Frage brannte sich in seinem Schädel fest. Der Bud-Spencer-Typ nahm keinerlei Notiz von ihm oder der Nötigung des Mädchens in seinem Blickfeld, sondern stierte scheinbar blicklos in die Luft.

Den jungen Mann hielt es nicht mehr auf seinem Sitz; er riss seinen Körper hoch und sein Arm hangelte sich in Richtung Notsignal. Schnell, ehe es einer von denen sieht. Der Fahrer muss eingreifen, dachte er, und endlich die Polizei rufen.

Der Hagere schlug ihm mit dem Buchrücken auf die ausgestreckte Hand und sprach: »Du machst dich unglücklich. Wenn du das tust, brechen sie dir alle Knochen.«

In dem Moment hörte er ein Schluchzen, und einer der Typen fuchtelte mit einem BH wie mit einer Trophäe herum.

Ungeachtet der Drohung hielt es den jungen Mann nicht länger in seiner Sitzreihe. Ohne jede Vorwarnung trat er flink auf die vier Männer zu, riss plötzlich zum Erstaunen aller einen der halbnackten Arme aus dem Pulk und rief mit schneidender Stimme: »Stopp! Lasst das Mädchen los. Wenn ihr nicht augenblicklich aufhört und verschwindet, beiß' ich in den Arm hier. Ich habe Aids!«

Der untersetzte Glatzkopf, dem dieser Arm gehörte, wagte sich nicht zu rühren. Ihm trat der Schweiß aus und lief an den Schläfen herab. Denn der junge Mann hatte sich dessen Unterarm zum Munde geführt und ließ keinen Zweifel aufkommen, dass er blitzschnell in die bloße Haut beißen würde.

Die drei anderen waren ein Stück zurückgetreten und hatten von dem Mädchen abgelassen.

Die Bahn hielt, und die Tür ging auf.

»Lass uns abhauen«, sagte einer der drei. »Ist mir sowieso zu heiß mit der Kohle, die ist doch sicher auch nicht clean.«

»Hast recht«, zischten daraufhin die anderen, bemüht, ihre Erleichterung nicht erkennen zu lassen.

»Was is' nu'?«, fragte der Glatzkopf, dessen Arm der junge Mann immer noch in Beschlag hatte.

»Erst steigen die anderen aus, dann du«, bestimmte dieser. Und tatsächlich sprangen die drei ab, noch ehe sich die automatische Tür richtig öffnen konnte. Der Hagere blieb auf der Türschwelle stehen, dreht sich um und spuckte die Worte »Zecke, wir kriegen dich!« aus.

Als der Fahrer abklingelte, schubste der junge Mann den untersetzten Glatzkopf auf die Straße. Die Bahn schloss sich, einer der fünf donnerte mit seinem Springerstiefel gegen die Tür.

Fahr endlich, fahr!, dachte der junge Mann, ja nicht noch mal anhalten, und atmete auf, als die Straßenbahn ruckelnd anfuhr.

Mit einem Mal applaudierten die beiden älteren Frauen, und die übrigen Fahrgäste stimmten in den Beifall ein, auch der kräftige Dreißiger auf dem Fensterplatz.

»Großartig, das haben Sie großartig gemacht, junger Mann!«

»Ja, prima! Sie sind ein Held.«

Und alle, mit Ausnahme des Mädchens, klatschten noch einmal kräftig in die Hände.

Der junge Mann stand neben dem Mädchen, das seinen Büstenhalter in einen kleinen Rucksack zwängte, und wusste nicht, was er sagen sollte. Eigentlich hätte er sich jetzt neben das Mädchen setzen können, doch er blieb stehen.

Das Mädchen knöpfte sich die Bluse zu und wich seinem Blick aus. Und als er es sich anders überlegt hatte und sich doch setzen wollte, rückte es von ihm ab.

»Und du hast wirklich Aids?«, fragte es.

Der junge Mann hob die Schultern, sah das Mädchen an und nickte plötzlich.

Fernschach

Helmut Schwäger drückte, als wolle er morsen, mehrmals auf den Kontaktgeber seines Telefons, doch ließ sich keine Verbindung herstellen. Er legte auf, griff nach dem Telefonverzeichnis, und sein Finger fuhr das Namensverzeichnis entlang, bis er bei F wie Franke anlangte. Deutlich sichtbar drückte Schwägers Fingerkuppe eine Bremsspur auf die Seite. Er verglich die Nummer auf dem Display mit der im Verzeichnis. Beide Telefonnummern stimmten überein. Die gewählte Nummer hätte Schwäger im Schlaf herbeten können. Für einen Moment wusste er nicht weiter. Schließlich betätigte er die Taste der Wahlwiederholung, drückte den Apparat ans Ohr und wartete. Vom anderen Ende ertönte abermals ein Besetztzeichen in einem Rhythmus, der Schwäger fremd erschien. Auch die Telefone im Ausland sprechen eine andere Sprache, das wusste er.

In der Küche setzte sich Schwäger an den Tisch, vor sein zweites Frühstück, das wie immer um die Zeit aus einer Schüssel Haferflocken in magerer Milch bestand. An manchen Tagen stiebte sich Schwäger eine Wolke Kakaopulver über die angerührte Masse und schmeckte seiner Kinderzeit nach. Heute ist so ein Tag, befand er. Eine Freude muss der Mensch haben. Seit einigen Jahren war er Witwer und seit seinem 57. Lebensjahr arbeitslos.

Würde er nicht regelmäßig am Samstag mit Eberhardt telefonieren und am Sonntag auf den Friedhof gehen, hätte er längst das Maß für eine Woche, einen Monat, ein Jahr verloren. Ein Jahr ist um, wenn die Männer kommen, die Röhrchen an den Heizkörpern auszuwechseln und den Verbrauch von den Wasseruhren abzulesen. Ein Monat ist um, wenn die Bank die Kontoauszüge schickt, auf denen er die Abbuchungen von Miete, Strom und Telefon und den Eingang seines Vorruhestandsgeldes abhakt. Zeit seines Lebens befand er sich im Haben. Geld hatte für ihn nie eine Rolle gespielt. Immer hatten er und seine Frau nur das ausgegeben, was ihnen zur Verfügung stand. Ein einziges Mal hatte Schwäger mit seinen Vorsätzen gebrochen und bei der Gewerkschaft im Betrieb angefragt, ob er einen Vorschuss aus der Kasse der gegenseitigen Hilfe bekommen könne. Er wollte Gerda überraschen und hatte eine Reise ins Warme, nach Bulgarien gebucht. Doch ist sie aus dem Krankenhaus nicht wieder herausgekommen. Er hatte erst Monate später an die Reiseschecks gedacht, als er sich endlich überwinden konnte, den Koffer seiner Frau auszupacken; darinnen fand er den Reiseführer von Varna, in dem er mit Gerda Seite um Seite umgeblättert hatte.

Seinen Geburtstag hatte Helmut Schwäger tatsächlich

schon einmal vergessen. Daran hatte ihn sein Sohn Siegbert erinnert. Er stand mit einem großen Nelkenstrauß vor der Tür und sagte in geübtem Ton »Happy Birthday, lieber Vati« zu ihm. Das Bild ist Schwäger noch in Erinnerung, als wäre es gestern gewesen. Es war sein 53. Geburtstag, der erste ohne Gerda. Siegbert und er hatten getrunken, alles, was sie an Vorräten finden konnten. Das Leben ist bunt, meinte Sohn Siegbert, nachdem er die Reste aus allen möglichen Likör- und Schnapsflaschen zwischen ihnen aufgeteilt hatte. Im Keller fand Helmut Schwäger am Ende noch eine Flasche süßen Schaumwein. Eigentlich war der für Gerda bestimmt gewesen; war sie es doch, die bis zu ihrer Erkrankung Jahr für Jahr das Obst aus dem Garten zur Vermostung brachte und mit Geld und guten Worten einen Teil des Deputats in den begehrten Schaumwein verwandelte.

»Auf Gerda!«, rief Helmut deshalb seinen Sohn an, das Glas zu erheben. »Auf deine Mutter, Junge!« Dieser Satz klang Helmut Schwäger sofort wieder im Ohr. Den nächsten Satz, der nichts weiter als ein Kommando war, musste er dann schon aus sich herausgeschrien haben, als er Siegbert samt seinem Nelkenstrauß nach Mitternacht vor die Tür setzte.

»Ich habe keinen Sohn mehr«, sagte Schwäger tonlos, während er sich einen Löffel Haferbrei in den Mund schob. Er konnte bis heute nicht glauben, dass es Siegbert übers Herz gebracht hatte, das Ansehen der eigenen Mutter zu beschmutzen. »Ich bin gar nicht dein Sohn, Vater«, hatte er zu ihm gesagt. »Ich bin passiert mit dem Nachbarn Franke, das hat mir Mutter mal gesagt, lange bevor sie ins Krankenhaus musste.«

Schwäger erhob sich und ging zum Telefon. Noch immer folgte auf seinen Ruf das monotone Zeichen, war Eberhardts Anschluss besetzt.

In der Stube stand nach wie vor der braune Kachelofen, an den Gerda früher die kleine Wäsche geleint hatte, damit sie über Nacht trocknen konnte, und an den sie sich beide so gern gelehnt hatten. Als Schwäger einmal Weihnachten eine Tasche Koks heimtrug, glühte sogar die äußere Ofentür. Jetzt gab es kleine weiße Heizkörper unter den Fenstern, und Helmut Schwäger hatte mit seinem Vermieter um den Bestand des Berliner Ofens gerungen, der nun nichts weiter als ein Möbel war, eines, das Schwäger vertraut war in diesem Raum, in dem er nichts verändert hatte seit Gerdas Tod.

Selbst der Kalender von damals hing noch am selben Platz. Das Einzige, was innerhalb dieser vier Wände eine Veränderung erfuhr, war die Konstellation des Schachspiels auf dem runden Couchtisch, auf dem es von jeher stand. Dieses Spiel, das Woche für Woche seine Fortsetzung fand, indem Schwäger Samstag um Samstag mit seinem Gegner telefonierte. Zug um Zug setzten beide. Jeder auf dem heimischen Brett. Wer am Spiel war, rief den anderen an und gab die Position durch, die er für eine seiner Figuren erwählt hatte. Ein Mann – ein Wort. Zwei Männer – zwei Worte. »Guten Morgen, guten Tag«, mehr sprachen sie nicht miteinander. Figur, Buchstabe/Zahl von, zu Buchstabe/Zahl – so der schlichte Inhalt eines jeden Telefonats. Meist sagte der eine danach »Ende«, der andere »Auf bald«.

Dass die Spieler miteinander telefonierten, war eine Neuerung aus der neuen Zeit. Die Schwägers verfügten in all den Jahren über kein Telefon und hatten auch während der DDR-Zeit keinen Antrag auf einen Anschluss gestellt. Ein Telefonanschluss war einfach utopisch für jemanden, der keine beruflichen Gründe vorweisen konnte und schon gar nicht zur Nomenklatura gehörte.

So wurden die Züge jahrelang auf dem Postweg ausgetauscht. Bis beiden Seiten dieses zu langwierig geriet und mitunter auch kein Verlass auf die Post war. Manchmal kamen Briefe an, die einen Zug enthielten, bevor der vorangegangene bekannt war. Einen Brief bekam Schwäger sogar auf dem Rathaus in der Abteilung Inneres ausgehändigt. Der Mann hinter dem Schreibtisch hob dabei die Schultern und sagte entschuldigend: »Da muss etwas schiefgelaufen sein. Um einen Code handelt es sich ja bei Ihnen offensichtlich nicht. Behalten Sie den Turm im Auge«, riet der Mann, »und Vorsicht nach dem Bauernopfer!«

Die Partie ging am Ende für Schwäger dennoch verloren. Er war zu nervös um die Zeit, hatte mit dem Rauchen aufgehört, um sich künftig den Luxus leisten zu können, telegrafisch mit Eberhardt die Angabe der Züge zu wechseln. Die Mehrausgabe musste mit einer Einschränkung ausgeglichen werden. Gerda hatte sich über Schwägers Entschluss gefreut und von dem aufgesparten Geld der Jahresendprämie auf der Stelle neue Gardinen gekauft. Einzig Siegbert freute sich nicht über den Telegrammboten, der nun Woche für Woche vor der Tür stand. Hatte er doch angefangen, Briefmarken zu sammeln und zu tauschen und mit den Marken von Onkel Eberhardt aus dem Lande mit dem fernklingenden Namen Austria schon einige komplette Sätze zusammenbringen können.

Eberhardt war, kaum dass er das Rentenalter erreicht hatte, mit seiner Hilde gen Westen gezogen. Die Frankes waren gute Nachbarn. Jede Familie hatte den Wohnungsschlüssel der anderen. War eine Familie im Urlaub oder auf Reisen, versorgte die andere die Zimmerpflanzen, machte die Treppe und kaufte für den Ankunftstag das Notwendigste ein. Jeden Samstag spielten die Männer eine Partie Schach. Immer trug Eberhardt Franke Schlips und Kragen zu Hause. Ich kann nicht anders, bekannte er, als Sohn eines Prokuristen bin ich quasi schon mit einem Stehkragen um den Hals auf die Welt gekommen. Kein Wunder, dass er deshalb auch Buch führte und Schwäger vor etwa einem halben Jahr mit einer Auflistung aller gewonnenen, verlorenen und unentschiedenen Partien überraschte.

Lange hatte Schwäger den Brief in seinen Händen gehalten. Es war dieselbe akkurate Handschrift, die er von früher kannte. Eberhardt schrieb noch immer mit Füllfederhalter, Ziffern, die steil nach oben standen. Im Durchschnitt hatten sie seit dem Wegzugs Frankes per Fernschach 2,4 Partien pro Jahr gespielt, das waren rund 28 Partien in zwölf

Jahren. Mehr als 400 Briefe, Postkarten, Telegramme hatten sich angesammelt.

Schwäger zog das Schubfach der Kredenz auf und nahm Eberhardts Brief heraus, der oben auflag. Vor einer Woche hatte er auf diesen Brief geantwortet und Eberhard Franke auf direktem Wege gefragt, ob er tatsächlich der Vater seines Sohnes sei. Keine Antwort, keine Meldung. Eberhardt war am Zug. Er, Schwäger, hatte ihn in die Enge getrieben.

Würde er das Springeropfer erkennen? Es war elf Uhr und Eberhardt schon zwei Stunden über die Zeit. Helmut Schwäger trat vor das Brett, die Arme auf dem Rücken verschränkt. Sein Feldmarschallblick überschaute das Spiel. Er wusste, Weiß wird gewinnen, sobald der schwarze Bauer das scheinbar ungedeckte Pferd geschlagen und die eigene Königdeckung aufgebrochen hatte.

Warum nur, warum rief Eberhardt nicht an? Man kann doch über alles reden.

Oldtimer-Blues

Es war ein guter Tag für Michael P. Meyer. Die Sonne schien bereits in den Vormittagsstunden warm genug, um das Cabriolet aus der Garage zu lenken. Es sollte die erste Ausfahrt werden, nachdem das Gefährt über Monate unter feingliedrigen Monteurshänden, die einem Liebhaber alter Karossen gehörten, zu neuem Glanz und geprüfter Fahrtüchtigkeit erweckt worden war.

Mit einem Lederspray behandelte Meyer das Verdeck, bevor er es zurückschlug und in Falten legte. Ein Vorgang, der komplizierter anmutete, als er tatsächlich war. Einen Wattebausch in der Hand striegelte er den weißen Lack von Motorhaube, Kotflügeln und Türen und fuhr anschließend mit einem Ledertuch über die verchromten Stoßstangen, Zierleisten und Radkappen.

Bei all diesen Arbeiten trug Meyer einen blauen Berufsmantel über dem hellen Anzug, und erst, als er das Tor geöffnet und die Türflügel arretiert hatte, zog er ihn aus und hängte ihn in der Garage an seinen angestammten

Platz. Bevor er einstieg, verharrte er einen Moment, dann öffnete er den Verschlag des Wagens und chauffierte das Fahrzeug auf das Hofgelände seiner Firma.

Gemeinsam mit einem Geschäftspartner, der meist für anderthalb Tage pro Woche aus München anreiste, betrieb Meyer ein Unternehmen, das sich auf die Entwicklung von Software für Arztpraxen spezialisiert hatte. Das Erscheinungsbild dieser Firma war weiß. Weiß stand für Reinheit, Klarheit, Kompetenz und lehnte sich bewusst an dem Bild von den Göttern in Weiß an, das Mediziner gemeinhin zu schätzen und zu pflegen wissen.

Meyer verband gern das Angenehme mit dem Nützlichen und verstaute deshalb eine Packung Compact Discs, auf denen sich Updates des EDV-Programms cly.st befanden, in seiner Aktentasche und die Tasche wiederum im kleinen, akribisch aufgeräumten Kofferraum.

Die dunkle Wolke, die das Auspuffrohr beim Starten des Motors verließ und vor Meyers Augen im Rückspiegel erschien, blieb in der Luft hängen wie ein Makel. Schnell beschleunigte Michael P. Meyer und fuhr vom Hof in Richtung Stadt.

In den Vororten, die mit Girlanden und weiß grünen Fahnen auf die neu erworbene Selbstbestimmung aufmerksam machten, dominierte um diese Zeit der typische Anlieferungs- und Einkaufsverkehr das Bild. Während an den Rückseiten der auf ehedem grünen Brachen errichteten Supermärkte die Schwerlaster ihre Ware über die Rampe brachten, luden Scharen von Käufern an der Frontseite beflissen den Wochenendeinkauf aus den Einkaufskarren in ihre neuen glänzenden fahrbaren Anschaffungen.

Wie die in Leichtbauweise hochgezogenen Märkte auch hießen und welcherart auch ihr Angebot war, Meyer registrierte mit einem Blick überall emsige Geschäftigkeit, inmitten derer Fastfoodzubereiter, die unmittelbar an den Parkplätzen ihre Zelte oder Wagen aufgestellt hatten, die Rauchsäulen ihrer Holzkohlefeuer setzten. Der Grillgeruch »Original Thüringer Bratwurst«, wie es ein weithin sichtbares Schild verhieß, umwehte auch Meyers Wagen, zumal das Verdeck geöffnet war. Meyer hatte Mühe, den Appetit, der ihn überkam, zu unterdrücken. Aber es gab mittlerweile Dinge, die zu lernen ihm von seinem Kompagnon aufgegeben waren, und dazu gehörte, sich keineswegs am helllichten Tag wie ein Penner vor eine Imbissbude zu stellen. Und dazu gehörte auch, in der Öffentlichkeit auf keinen Fall irgendwelche Utensilien in Plastiktüten zu transportieren. Seither mied Michael P. Meyer die Parkplätze der Einkaufscenter und trug selbst den einen Apfel, den er an jedem Bürotag zwischen den Mahlzeiten aß, in der Aktentasche.

In einem Managermagazin hatte Meyer gelesen, dass die Wirtschaft des Landes wohl zu Teilen vom Export abhängig sei, dass aber der Ausschlag des wirtschaftlichen Barometers wesentlich von der Kaufkraft und Kauflust der eigenen Bevölkerung bestimmt werde. Tragend sei dabei die Konsumentenzuversicht, an der sich immer auch der Beliebtheitsgrad der Regierung ablesen ließe.

Die neue Zeit, die nunmehr mit Wimpelketten über Gebrauchtwagenmärkten und Markenfahnen über parkenden Automobilen den Alltag zum Feiertag zu erheben trachtete, war geeignet, Kauflust zu erzeugen. Allein der Umstand, dass ein höherer Preis eines Angebots über den Auslagen sichtbar in einen niedrigeren korrigiert wurde, oder Logistiker die Supermärkte in wahre Labyrinthe der Wunscherweckung verwandelten, ließ die Menschen Lust empfinden beim Füllen ihrer Körbe und Körper.

Etliche Betriebe in der Umgebung hatten in Ermangelung von Aufträgen ihrer Belegschaft kurzerhand Kurzarbeit verordnet, sodass die Freigesetzten, die früher Arbeiter hießen, die Zeit zwischen Frühstücksfernsehen und Abendprogramm im Allgemeinen bei vollem Lohnausgleich in den neuen Einkaufstempeln verbrachten.

Auch für die Branche von Michael P. Meyers wirkte sich die Probierphase der neuen Gesellschaftsordnung, in der sich die Menschen nach dem Sturz des alten Systems befanden, positiv aus. Das plötzlich verfügbare Zeitbudget nutzten die Menschen natürlich auch, um Korrekturen an ihren Gebissen, Hüftgelenken und an ihrer Sehtüchtigkeit vornehmen zu lassen.

Ärzte ließen sich in großer Zahl nieder und gründeten Existenzen. Polikliniken firmierten als Ärztehäuser in beinahe jedem Stadtteil neu. Praxismöblierer gingen um, Vermittler von Arzthelferinnen, Unternehmens- und Steuerberater, Stempelschneider und Visitenkartenhersteller, desgleichen Softwareproduzenten wie Michael P. Meyer und sein Kompagnon. Kranke, die gesund genug waren, um sie auf längere Frist hin zu verarzten, gab es mit einem Mal genug. Die Allgemeinen Ortskrankenkassen lösten quasi über Nacht die bisherigen sozialen Strukturen ab. Ersatzkasse um Ersatzkasse eröffnete mit hohem Werbeetat an besten Adressen ihre Niederlassung. Und es sollte nicht lange dauern und die Krankenkassen beschäftigten zehnmal mehr Menschen bei zehnmal weniger Pflichtversicherten.

Meyers Münchner Partner hatte sehr schnell diesen Wachstumsmarkt im Osten erkannt. Er wusste, dass die Ostdeutschen viele bunte Pillen würden schlucken müssen und dass die Medizintechnik und Pharmaindustrie im Westen längst dabei war, die Kapazität ihrer Produktionsstätten zu erhöhen. Binnennachfrage hieß die neue Vokabel, die auch Meyer fortan mit den Imperativen von Erzeugen und Befriedigen in Verbindung brachte.

Michael P. Meyer, einem an der eigenen Evaluierung gescheiterten Universitätsassistenten, konnte es nur recht sein, mit einem Mal selbst an einem Wachstumsmarkt teilzuhaben. Während eines Wochenendseminars für künftige Franchisenehmer in Bad Tutzing hatte er seinen späteren Geschäftspartner und Teilhaber kennengelernt und es genossen, als dieser ihm wieder und wieder Hochachtung zollte und lauthals in die Runde gab, dass einzig die Ostdeutschen beispielgebend für die deutsche Nation seien, da sie gewaltlos und ohne Blutvergießen mit ihren

Protestdemonstrationen die Ablösung des Herrschaftsregimes erreicht hätten. Gerade die Menschen im Osten hätten gezeigt, dass die Abstimmung mit den Füßen der wahre Weg zur Demokratie sei.

Trotz einiger ähnlicher Hotelbargelegenheiten hatte Meyer seinem Kompagnon bis heute nicht offenbart, dass er im Herbst/Winter 1989/90 weder bei einer Montagsdemonstration noch bei einem der vielen Wahlkampfforen dabei war. Vielmehr musste sich Meyer auf die neue Begrifflichkeit einstellen und sich immer wieder die Schreibweise und Bedeutung von Joint Venture vor Augen führen, ehe er den Begriff verinnerlichen und ohne zu stocken anwenden konnte. »Hier gehen zwei Kulturen und zwei Erfahrungswelten einen Pakt ein: Rückschritt und Fortschritt im Gleichschritt«, eröffnete Meyers Kompagnon die Ära der Zusammenarbeit pathetisch, als sie die vor einem Notar eingegangene Geschäftsbeziehung zu feiern anhoben. So war es verbrieft: Meyers Partner brachte das Startkapital in die Partnerschaft ein und Meyer selbst den elterlichen, im sogenannten Speckgürtel der Stadt gelegenen Vierseithof, dessen vernachlässigte Stallungen kurzerhand, oder besser gesagt: unter schwarzer Hand, das heißt in Form polnischer Nachbarschaftshilfe, in einen Bürotrakt umgebaut worden waren.

Noch immer blickte Michael P. Meyer bei jeder Heimfahrt beeindruckt und mit einigem Stolz auf den weithin sichtbaren Firmenschriftzug am Ortseingang sowie an der Straßenfront des abgeputzten Vierseithofes. Denselben Schriftzug trug er an seinem Herzen, in einem kleinen metallenen Etui, in dem er immer eine Anzahl Visitenkarten aufbewahrte.

Nach einigen anfänglichen Bauch- und Kopfschmerzen fühlte er sich mittlerweile als geschäftsführender Gesellschafter der Meyer & Co. GbR der Gegenwart gewachsen. Es hatte sich gezeigt, dass ihn die doktortiteltragenden Anwender der von ihm ertüftelten Softwareprogramme mit Handschlag und nicht selten überschwänglich begrüßten und prompt all ihren Verpflichtungen nachkamen. Eher pro forma verglich er gemeinsam mit seinem Kompagnon allmonatlich den Eingang der Ratenzahlungen auf dem Kontojournal.

Michael P. Meyer war sich sehr wohl der Blicke bewusst, die sein gepflegter Oldtimer der Marke Horch auf sich zu ziehen vermochte, und genoss es in vollen Zügen bei geöffnetem Verdeck freie Fahrt zu haben. Beim nächsten Halt an einer Ampelkreuzung schob er lässig eine CD in den Schlitz des Players. Der Austausch des Mittel- und Langwellenradios mit einem modernen CD-Player war die einzige technische Neuerung, die er dem Wagen abverlangt hatte. Dabei erfüllte es Meyer mit Stolz, dass es ihm gelungen war, die griffigen Drehknöpfe aus Elfenbein zu integrieren. Ansonsten bestand der gut 60 Jahre alte Horch fast vollständig aus Originalteilen beziehungsweise in zäher Kleinarbeit gefertigten Ersatzteilen, die schlichtweg Unikaten gleichkamen.

Musik war Michael P. Meyers wirkliche Leidenschaft. Highfidelity-Töne hatten seine Ohren über Jahre geschult, sodass sich für ihn selbst im Cabriolet Hörgenuss erst aus einer Reihe verdeckt in Türen und Chassis eingebauter Lautsprecher zusammensetzte. Mittelalterlicher italienischer Opern- und Kammermusik gab er vor allen anderen Musikwerken den Vorzug. Ihn berauschte die ambivalente Verbindung von Tragik und Komik, die diesen in mediterranem Klima gewachsenen Werken eigen war. Er bewunderte die Männer, die mit kräftiger Stimme ihr Begehren des anderen Geschlechts aus voller Brust ertönen ließen, ohne dafür als Sexisten zu gelten, und unbescheiden die Glut ihrer Liebe mit der des Ätna verglichen. Zu seinen Lieblingsstücken gehörten Duette, die zwischen den Partnern in Zwietracht begannen, um dann in allmählich sich steigernder stimmlicher Verschmelzung die körperliche Vereinigung sinnfällig zu vollführen vermochten.

Mit Inbrunst sang Meyer die aus dem CD-Player ertönende Arie von Gabriello Puliti »Donna ingrata senza amore« mit und hielt beschwingt seinen Wagen in der mittleren Spur auf dem inneren Ring der Stadt.

Die nahe Stadt war übersichtlich genug, dass ein Einheimischer sich in ihr auszukennen nicht vorgeben musste. Allerdings hatten die mitunter nachtaktiven oder wandernden Baustellen und die damit verbundenen Straßensperrungen und -einengungen in kürzester Zeit die Bewohner zu Unkundigen gemacht, die kaum mehr imstande waren, einem noch Unkundigeren den Weg zu weisen.

Gern wäre Michael P. Meyer, getragen vom italienischen Gesang und den vulkanisierten, mit weißem Karkassenschutz verzierten Reifen, ein weiteres Mal um den Ring gefahren. Und das bei noch immer vollständig geöffnetem Verdeck, aber sein Blickverhalten und des Fahrzeugs Steuerung galten bereits nach der ersten Runde der Suche nach einem freien Parkplatz. Denn nach dem Angenehmen verlangte nunmehr das Nützliche nach seinem Recht, und das mit durchaus heiterem Geschäftssinn. Es war an der Zeit, vor Sprechstundenschluss einige der in der Innenstadt gelegenen Arztpraxen aufzusuchen, um vor Ort die Updates in die vorhandenen Computerprogramme einzubinden. Natürlich ließen sich die Compact Discs auch per Boten zustellen und könnte mit entsprechender fernmündlicher Einweisung die Arbeit dem Personal dort selbst überlassen werden, aber es gab keinen besseren Weg der Kundenpflege, als die Updates auf direktem Wege regelmäßig selber zu installieren und dabei mit einer gewissen Eigennützigkeit nach möglichen Erweiterungsplätzen für künftige Hardwarekomponenten Ausschau zu halten.

Alle Preisvorteile, die Meyer und Partner aus der Vermittlung von Computertechnik auf dem Großmarkt zu ziehen in der Lage waren, gaben sie fast vollständig an ihre Kunden weiter. Ein solches sprach sich rasch herum und trug ihnen bald schon einen guten, indes weit über die Stadtgrenzen hinausreichenden Ruf ein. Dass sich die

Großhändler ihrerseits zu revanchieren wussten, stand außer Frage. Zudem hatten Meyer & Co. sehr schnell auch die Vernetzung von EDV-Anlagen zu ihrem Knowhow erhoben. So wussten sich Hard- und Softwarehändler zu ergänzen.

Die Parkplatznot ließ sich leider nicht mit einem Mausklick lindern. Es nutzte im wirklichen Leben nichts, sich vorzustellen, den Windows-Pfeil auf einen abgestellten Wagen zu leiten und ihn mit der linken Maustaste zu löschen.

So auch an diesem Tag, der im Grunde viel zu schön war, um ein herkömmliches Automobil zu bewegen. Kein Wunder, dass die Parkplätze allesamt von hochgeschlossenen, verriegelten Personenkraftwagen belegt waren. Michael P. Meyer fuhr und fuhr und fand nirgendwo eine passende Lücke, um den Horch unbeschadet am Straßenrand oder in einer Parkbucht abzustellen. In solchen Situationen wollte er gern der Erfinder eines aufblasbaren Autos sein, dem man nach Gebrauch einfach die Luft entzog, um es dann wie einen Spielball zusammenzulegen.

Inzwischen zog Meyer immer enger werdende Kreise. Er wusste, dass die gezählten Autos vor ihm und die zahllosen hinter ihm, die alle Schrittgeschwindigkeit fuhren, dasselbe Begehren verband. Nur konnte er es sich im Gegensatz zu den meisten nicht aussuchen, wo er parkte und ob er parkte. Er wollte nicht etwa einkaufen, er wollte verkaufen. Beim Vorbeifahren sah er, dass etliche Cafés die Gunst der milden Stunde genutzt hatten, um Stühle und Tische vor die Tür zu stellen, was das ohnehin schon geringe und durch die Baustellen geschmälerte Parkplatzangebot zusätzlich einschränkte.

Meyer sah auf die Uhr und wusste, dass die Sprechstundenhilfen ab einer gewissen Zeigerstellung ungehalten waren und er natürlich allein an seinem Türläuten kaum als Nichtpatient zu identifizieren war.

Die Fahrzeuge, deren polizeiliche Kennzeichen sich Meyer ungewollt einprägte, waren größtenteils nicht in dieser Region zugelassen. Es waren die Wagen Lustreisender oder die von Geschäftsleuten. Meyer überkam die Überlegung, dass von Amts wegen die Parkplätze in der Innenstadt grundsätzlich Einheimischen vorzubehalten und bei Benutzung durch Auswärtige mit solch abschreckend hohen Parkzöllen zu belegen seien, dass diesen das Angebot eines außerörtlichen Park-and-ride-Systems geradezu als Wohltat erscheinen musste.

Mitten in diese Gedanken hinein fuhr ein Fahrzeug aus einer Lücke heraus. Der Fahrer vor ihm in der Kette der Suchenden hatte das zu Meyers Glück nicht rechtzeitig bemerkt. Auch wäre das Einparken für diesen mit einem komplizierten, millimetergenauen Rückstoßmanöver verbunden gewesen. So schlüpfte Meyer förmlich mit seinem Cabriolet in die Parklücke, sah beruhigt zum blauen Himmel, verriegelte die Beifahrertür mit einem geheimen Mechanismus, ließ galant das Bedienteil des Autoradios verschwinden und zog den Schlüssel vom Handschuhfach.

Auf dem Weg zum Parkscheinautomaten kramte er aus seiner Hosentasche das nötige Kleingeld und breitete es auf seinem Handteller aus. Bis zur Praxis des Augenarztes waren es vom Automaten aus ganze zehn Meter. Meyer dachte, es könne nichts schaden, bevor er sich für eine Parkzeit entscheidet, diese zehn Meter auch noch zu gehen, um sich erst einmal zu vergewissern, ob und wie lange die Praxis überhaupt geöffnet war. Im selben Moment stand er vor verschlossener Tür. Erfolglos drückte er die Klinke herunter. Die Praxis war wegen Urlaub geschlossen. Den Termin der Sprechstundenaufnahme versuchte sich Meyer einzuprägen, um ihn dann in Ruhe in seinem Wagen in seinen elektronischen Taschenkalender einzutippen.

Vor Meyers Cabriolet stand eine Politesse, die ihrerseits ein elektronisches Taschengerät bediente und gerade das polizeiliche Kennzeichen von Meyers Wagen eintippte.

»Sind Sie der Halter dieses Fahrzeugs?«, fragte die uniformierte Dame, ohne von ihrem Gerät aufzuschauen, als ob sie mit Meyers Schatten sprechen würde.

»Der bin ich«, antwortete Meyer rasch, trat näher und legte seinen Schatten nunmehr der Ordnungsamtsdame wirklich zu Füßen.

»Parken ohne Parkschein, das kostet Sie zehn Mark, mein Herr!«

»Aber wieso?«, sprach Meyer. »Ich wollte doch gerade einen Parkschein lösen.«

»Sie sind nicht geradewegs auf den Parkscheinautomaten zugegangen!«

»Woher wollen Sie das wissen?«, beharrte Meyer.

»Weil ich Sie beobachtet habe.«

»Also, wissen Sie«, begann Meyer eine umständliche Erklärung, die umso verwirrender geriet, als er der Stadtangestellten gegenüber natürlich nicht zugeben wollte, dass er nicht als Privatmann Meyer, sondern als Kaufmann Meyer sein Fahrzeug abgestellt hatte. Also versuchte er, sich als Patient des Augenarztes auszugeben, der just in dem Moment erst davon erfahren habe, dass der Doktor im Urlaub sei.

Die Politesse sah ihn daraufhin eindringlich an. »Heißt das, dass Sie ein akutes Augenleiden haben und dringender medizinischer Behandlung bedürfen?«

»So ist das nicht gemeint«, argumentierte Meyer, ohne dabei sofort die Falle zu sehen, die auf ein falsches Wort hin zuschnappen sollte.

»Wie ist es dann gemeint?« Die ganz in blau gekleidete Frau hob den Kopf und sah Meyer unverwandt in die Augen. »Hatten Sie einen Termin, und die Arztpraxis hat Ihnen nicht rechtzeitig abgesagt?« Und als Meyer nicht gleich antwortete, fragte die Frau nach: »Sind Sie überhaupt gesundheitlich in der Lage, als Fahrzeugführer am Straßenverkehr teilzunehmen?«

Jetzt wusste Meyer, dass er dabei war, das kleinere Übel mit Hilfe eines größeren auszutreiben, zückte rasch seine Brieftasche und legte den gewünschten Betrag ohne Umschweife auf den Handteller der Uniformierten.

»In Ordnung«, sagte diese.

Und als Meyer, der zu der Zeit noch nicht wusste, dass sich derartige Strafzettel nicht als berufsbedingte Ausgaben von seiner Steuerschuld abziehen ließen und somit nichts weiter als ein Stück wertloses Papier darstellten, seinerseits die Hand aufhielt und nach einer Quittung verlangte, verfinsterte sich das Gesicht der Politesse und sie sagte: »15, es kostet weitere 15 Mark, da ich nunmehr die Gesetzeslage aktenkundig machen muss.«

Wieder bereute Meyer seine Handlung, und am liebsten hätte er nachträglich abgewinkt. Unwillkürlich hob er deshalb auch den Arm, ließ ihn aber sofort wieder sinken. Mittlerweile waren Meyers Forderung und die Erwiderung der Politesse ausgesprochen, und beiden blieb nichts anderes übrig, als sich damit ins Benehmen zu setzen.

Zu Hilfe kam Meyer ein Blick, den er angesichts der Frau eher ausweichend setzte. Und somit bemerkte er mit einem Mal, dass sich rings um den vermeintlich freiwerdenden Parkplatz ein Fahrzeugschweif gebildet hatte, der bei laufenden Motoren den Disput zwischen Parkordner und Parksünder verfolgte, wohl wissend, dass dieses Zwiegespräch zugunsten eines Parkplatzsuchenden ausgehen musste.

»Gut, dann schicken Sie mir Ihre Forderung eben von Amts wegen mit Stempel und Unterschrift nach Hause!«, sprach Michael P. Meyer und zog seinerseits behände die eben noch verlustig geglaubte Banknote aus der halb geöffneten Hand der verblüfften Politesse und fügte im Ton der Entschuldigung hinzu: »Sie sehen ja, wir halten hier den ganzen Verkehr auf.«

Die Frau trat zur Seite, schob den Ärmel ihrer Uniformbluse zurück und sagte: »20 Minuten, Sie haben genau 20 Minuten ohne Parkschein geparkt. Das halten wir fest.«

Meyer vermochte kurz die Schulter zu heben, eher er die Tür seines Horch aufschloss. Als er im Wagen saß, atmete er erst einmal tief durch.

Wieder auf dem vierspurigen Stadtring angelangt, überlegte er, was er als Nächstes tun sollte. Im Kofferraum seines Wagens befanden sich noch immer die frischgebrannten Updates des cly.st-Programms. Der Zenit des Tages war längst überschritten, ohne dass er seiner Ausfahrt in die Stadt den entsprechenden Nutzeffekt verleihen konnte. Eine innere Stimme sagte ihm, augenblicklich umzukehren.

Die Entscheidung zwischen Geradeausfahren und Abbiegen nahm Michael P. Meyer die Ampelschaltung ab; für die rechte Spur schaltete sie auf Grün, und Meyer lenkte den Horch gemäß der Ampelstellung zurück ins Büro, zurück nach Hause.

An dem Abend hatte Meyer mit seinem Kompagnon telefoniert, der ihm bestätigte, dass er fast an Ort und Stelle vor Kurzem für ein ähnliches Parkdelikt abgestraft worden sei. Er hatte ebenfalls in der Stadt, und zwar genau auf dem Markt, sein Fahrzeug abgestellt, um in einer naheliegenden Bank aus dem Geldautomaten Bargeld zu ziehen, und bei seiner Rückkehr einen Bußgeldbescheid vorgefunden. Allerdings kostete ihn das Vergehen ganze zehn Mark, die er auch sofort beglichen hätte. Meyer schimpfte, man könne doch nicht mit zweierlei Maß messen, und wenn, dann müsse natürlich der Ostdeutsche gegenüber dem Westdeutschen bevorzugt werden, denn wir im Osten, benutzte Meyer die Worte seines Großvaters, haben hier für die Reparationen gegenüber den Russen bluten müssen, haben unsere Maschinen und Schienenstränge verloren und konnten bei Weitem nicht so viel Westgeld ansparen wie die Westdeutschen. Daraufhin lachte der Münchner Partner schallend am Telefon, und auch Meyer musste, ohne dass es für seinen Sozius sichtbar war, über die entlehnten Worte verhalten schmunzeln.

Noch am Abend tippte Meyer eine Dienstaufsichtsbeschwerde in den Computer, ließ dabei den Fall aus seiner Sicht Revue passieren, erhoffte sich eine umgehende und herzliche Entschuldigung, in deren Folge die Sache aus der Welt zu schaffen sei. Beruhigt vernahm er die elektronische Startbestätigung des Faxgerätes und heftete das Schreiben mitsamt dem Sendebericht sorgsam ab.

Heiteren Gemütes und mit der Vorfreude auf das Angesicht der einen oder anderen Arzthelferin verstaute Michael P. Meyer anderntags abermals die Aktentasche mit den Updates im Kofferraum und legte sich die zuvor aufgestellte und zu einer Fahrtroute summierte Liste der Arztpraxen auf den Beifahrersitz.

Schnurstracks fuhr er den Weg vom Vorort in die Stadt, fand vor Ort, ohne auch nur eine zusätzliche Runde drehen zu müssen, einen freien Parkplatz, in den sich der

Horch trotz fehlender Servolenkhilfe bequem einparken ließ. Es war zudem einer, der noch nicht in der Einflusssphäre der Parkautomaten stand und auf dem jedermann sein Fahrzeug für eine Stunde kostenlos abstellen konnte. Das Einzige, das dafür zu tun war: eine Parkscheibe mit der eingestellten Uhrzeit gut sichtbar ins Fahrzeuginnere zu legen. Eine Maßgabe, die auch für ein Cabriolet kein Problem darstellen sollte. Auch hier gibt es ein Fahrzeuginneres, eines allerdings, welches zweifelsfrei nur bei verschlossenem Verdeck zu erkennen ist. Extra wegen des Parkens mühselig das Verdeck aufzuklappen, wollte sich Meyer ersparen. Das war ihm für eine halbe oder ganze Parkstunde zu aufwendig. Also klemmte er seine eingestellte Parkscheibe deutlich sichtbar hinter den Wischer auf der Fahrerseite und verschwand in der Praxis des Urologen.

Schwester Andrea, deren Hand er noch immer hielt, während er bereits seine Aktentasche auf dem Tisch der Anmeldung abgestellt hatte, fragte ihn, ob er eine Tasse Kaffee wünsche. Meyer, der eigentlich Teetrinker war und Bohnenkaffee nur sehr selten zu sich nahm, zögerte nicht, diese Frage zu bejahen. Für Andrea war Meyer, angesichts der zumeist leidenden Männer im Wartezimmer, eine nicht minder angenehme Abwechslung. Meyers Hände waren indes wieder mit den Schlössern und Fächern und dem Inhalt der Aktentasche befasst, und auch Meyers Augen hatten erst die Computerlaufwerke und dann den Monitor abzusuchen. Das Netzwerk signalisierte kurz darauf für den Hauptspeicher eine Ok-Meldung. Meyer klickte das

Laufwerk an, tippte dessen Taste und nahm den Datenträger heraus. Seine Arbeit war getan.

Schwester Andrea setzte sich in dem Augenblick auf die Kante des Computertisches, verschränkte einigermaßen aufreizend die Beine und sagte, um etwas zu sagen: »Na, Sie Spezialist, Sie.« Und als Meyer sie daraufhin beinahe heldisch ansah, kreisten ihre Augen in der Praxis, und sie flüsterte mit geübtem Schmollmund: »Sie sollten mal bei mir zu Hause Ihr Können unter Beweis stellen. Ich habe einen Computer, den ich gar nicht verstehe.«

Meyer schaute sie mit einem Anflug von Genusssucht an. Diese Frau gefiel ihm. Ihr Kittel ließ einen festen runden Körper ahnen, der überdies zum Greifen nah schien. Und er dachte, warum nicht, und fand sich fast schon geneigt, sofort eine Verabredung zu treffen, dann aber fiel ihm die Verhaltensregel seines Kompagnons ein, die ihm dieser gleich am Anfang auferlegt hatte: Keinerlei private Kontakte mit den Angestellten unserer Kunden! Mit den Kunden ja, wo immer es geht, Theater, Party, Vernissage. Aber niemals mit deren Angestellten.

Abrupt schloss Meyer die Aktentasche, trat zum Fenster und hielt nach seinem Wagen Ausschau. Doch das Fenster gehörte der Giebelseite, und das Auto war von hier aus nicht zu sehen.

Als Meyer wenig später vor seinem geparkten Wagen stand, irritierte ihn etwas, das anders war. Einen Augenblick später entdeckte er einen Strafzettel an der Stelle, an der er kurz zuvor die Parkscheibe festgeklemmt hatte.

Auf dem Parkzettel befanden sich ein Paragrafenzeichen und ein Krakel als Unterschrift. Die Parkscheibe fehlte.

Den Bußgeldbescheid zerriss Meyer auf der Stelle. Und als er einige Tage darauf die aufgeregt von seiner Mutter überbrachten Briefe der Stadtverwaltung in den Händen hielt, zählte er zwei Strafmandate, die er den jeweiligen Ärgernissen zuordnete.

Seine Dienstaufsichtsbeschwerde war abgewiesen worden. Dieses Schreiben der Stadtverwaltung steckte in einem grauen Kuvert. Die amtierende Abteilungsleiterin, als welche sich die Ordnungsamtsdame nunmehr entpuppte, berief sich auf eine Kollegin, die während des Vorfalls zugegen war und gleichermaßen bezeugen könne, dass er, Meyer sein Fahrzeug geschlagene 20 Minuten auf einem gebührenpflichtigen Parkplatz abgestellt habe, ohne dafür der Pflicht der Gebührenentrichtung nachgekommen zu sein. Er, Meyer, habe außerdem unflätige Worte gegenüber dem weiblichen Personal des Ordnungsamtes gefunden, die zu wiederholen an dieser Stelle einer Zumutung gleichkäme. Michael P. Meyer musste die amtliche Erwiderung einige Male lesen, um deren Ausmaß in vollem Umfange zu erfassen. Resigniert ließ er das Antwortschreiben sinken, um es sich im gleichen Atemzuge wieder vor Augen zu führen. Die Gerechtigkeit siegt! Sie muss siegen!, schrieb er sich kämpferisch auf die Fahne und legte einen neuen Briefbogen in den Drucker ein.

Den beiden Verwarnungen folgte bald schon, und das

fallweise, der Bußgeldbescheid, welcher die Höhe der bisherigen Forderungen mehr als verdoppelte.

Mit nämlicher Post teilte man Michael P. Meyer behördlicherseits mit, dass seine Beschwerden als erklärende Einträge in die ihm zugestellten Anhörungsbögen hinlänglich keine Anerkenntnis fänden. Diese hätte er bitte schön rechtzeitig ausfüllen sollen. Somit folgten die Bußgeldbescheide den Verwarnungen auf dem Fuße.

Meyer wusste in dem Moment nichts zu erwidern. So kam ihm das Läuten des Paketboten zupasse, der ihm am Tor eine kleine gut verschnürte Schachtel übergab, für das Trinkgeld artig dankte, einen guten Tag wünschte und Meyers Gemüt zu erwärmen vermochte.

Der Inhalt der Schachtel tat ein Übriges. Endlich hielt Meyer den verchromten, abschließbaren Tankverschluss für den Horch in den Händen, den er vor Wochen bei einer kleinen Fertigungsfirma mit Galvanisierung in Auftrag gegeben hatte. Rasch lief er über den Hof zur Garage und tauschte mit zwei flinken Handgriffen den alten Tankdeckel gegen den neuen aus, schraubte ihn behutsam bis zum Anschlag und polierte darüber.

Schnell stellte Meyer fest, dass der mitgelieferte Schlüssel passte, und reihte ihn an den Ring zu den anderen Wagenschlüsseln. Doch kaum hatte er das Schlüsselbund in der Hand, dieses kühle, grazile Eisen, überkam ihn der Wunsch, den Wagen auf der Stelle zu starten.

Nur ein einziges Update wollte Meyer an diesem Tage noch installieren, und das im Stadtzentrum bei einem Arzt, der gemeinsam mit seinem jüngeren, in der Ausbildung befindlichen Bruder eine Praxis für Allgemeinmedizin führte. Blutdruck erhöhende Schwesternschülerinnen gab es in diesem reinen Männerunternehmen nicht. In praxi kam die einzige weibliche Stimme aus einem kleinen Lautsprecher, der zu einem Aufrufautomaten gehörte und mit gleichbleibender Freundlichkeit »Der Nächste bitte!« rief.

Meyer kam an dem Tag gar nicht dazu, einen Blick ins Wartezimmer zu werfen. Kaum hatte er die Praxis betreten, erhielt er auch schon Zugang zur EDV-Anlage und erledigte seine Arbeit im Handumdrehen. Auch entstand für ihn während der Servicezeit kein Parkplatzproblem mit dem Aufsuchen dieser Praxis. Es gab keinen Grund, mit nervösem Herzklopfen nach der Uhrzeit zu schauen oder beunruhigt zum Fenster zu laufen. Zur Arztpraxis gehörte ein großzügiges Grundstück, auf dem sich bequem parken und rangieren ließ, was gerade für ältere Patienten aus der ländlichen Umgebung, zumal mit Thrombose, ein Argument für die Arztwahl bildete.

Viel zu schnell für seine Begriffe, stand Michael P. Meyer an diesem Nachmittag wieder vor der Tür, die hinter ihm von zwei feinnervigen weiß behandschuhten Händen geschlossen wurde.

Kaum hatte er den Gedanken, den Horch noch ein wenig stehen zu lassen und eine Runde durch die Stadt zu Fuß zu gehen, zu Ende gedacht, sah er sich auf dem Parkplatz umringt von zwei mit den Armen rudernden Vorruheständlern, die mit ihren neuen japanischen Kleinwagen Meyers Horch geradezu eingezwängt hatten. Meyer ließ sich auf keine Diskussion ein. Es war ihm gleichgültig, wer von beiden wem den Vortritt geben müsse. Zu einem anderen Zeitpunkt wäre er einer gewissen Erheiterung erlegen gewesen, denn die Männer hatten Mühe, die jeweiligen Namen der von ihnen erworbenen japanischen Fabrikate fehlerfrei auszusprechen. Vielmehr verlangte Meyer ohne Umschweife, dass die Herren ihm und seinem Wagen augenblicklich Platz machen.

Nach einigen wenigen gefahrenen Metern hielt Meyer kurzerhand am Fahrbahnrand an und bugsierte seinen Wagen Zentimeter für Zentimeter im Rückwärtsgang parallel zur Bordsteinkante. Schließlich stoppte er, stieg aus und sah, dass zwischen der Stoßstange seines Fahrzeuges und des dahinterstehenden ausreichend Platz zum Ausscheren vorhanden war. Dann ging er zum Bug des Wagens und sah auch hier, dass alles in bester Ordnung war und die Stoßstange des Horch fast millimetergenau mit der Stange des dort befindlichen Verkehrszeichens, das bis zu diesem Punkt ein ausdrückliches Halteverbot kennzeichnete, bündig abschloss.

In dem er daraufhin umsichtig die Straße auf und ab und rings um sein Fahrzeug gegangen war, fühlte sich Meyer sicher, dass es für die Straße sonst keine weiteren Hinweise auf Gebote für den ruhenden Verkehr gab, die einzuhalten ihm auferlegt waren.

Mit geübtem Griff prüfte er, ob Fahrzeugtüren, Handschuhfach und Kofferraumklappe verschlossen waren, hob seine Aktentasche – mit dem Apfel darin – aus dem Wagen und lief ohne Hast und sehr wohl mit einem Blick für die fahrenden Wolken am Himmel Richtung Stadtpark.

Den Apfel schenkte er im Park einem lockigen Kinde, das sich, nachdem er in der Nähe des Kinderspielplatzes auf einer freien Bank Platz gefunden hatte, mit seinen Backe-Backe-Kuchen-Händen freudig an einem von Meyers hellen Hosenbeinen hochzog. Stolz wie eine Trophäe trug das Kind die glänzende Frucht davon. Meyer sah dem tapsenden Kind nach. Doch die Freude auf beiden Seiten währte nicht lange. Die Mutter des Kindes schlug demselben den Apfel aus der Hand mit dem Ausruf: »Von fremden Onkels wird nichts genommen!«

Das sägende Weinen des Kindes im Rücken entfernte sich Meyer und umrundete gemächlichen Ganges den nahen Teich, auf dem sich immer mehr das Salzwasser verschmähende Möwen tummelten und das Pendant zu den in Scharen die Bäume verdunkelnden Krähen abgaben. Warum nur dominieren plötzlich schwarz und weiß, überlegte Meyer und wünschte sich den Auftritt eines stolz daherschreitenden Pfaus, buntschillernd, wie es sie in seiner Kinderzeit in diesem Park noch gegeben hatte.

Mit Augen für den sich verdunkelnden Himmel beschleunigte er seinen Schritt, der ihn aus dem Park herausführen sollte. Um keine Zeit zu verlieren, ging er schließlich denselben Weg zurück, den er gekommen war, um vor dem zu erwartenden Regen seinen Wagen zu erreichen und ihn schleunigst in die Garage zu fahren.

Wie gebannt stand Meyer an der Stelle, an der er vor gut einer Stunde seinen Horch abgestellt hatte. Das Fahrzeug war verschwunden, aber die Stelle war nicht etwa leer. Statt des Horch stand eines dieser neuen bunten eiförmigen Autos, deren Fabrikate er nicht auseinanderhalten konnte.

Meyer musste sich für einen Moment an der Stange des Halteverbotsschildes festhalten und tief durchatmen. Diebstahl. Raub. Rumänenbanden. Russenmafia. Die Worte stapelten sich in seinem Kopf und beschwerten ihn. Stechender Schmerz durchzog Meyer. Verlustschmerz.

Was war zu tun? Keine Frage, er musste bei der nächstgelegenen Polizeistation Anzeige erstatten, alle greifbaren Gesetzeshüter mobilisieren. Blaulichter in die Welt setzen, Mannschaftswagen und Funksprüche aktivieren, Straßensperren errichten lassen und Kohorten von Polizisten in Bewegung setzen, um alle Ausfallstraßen zu kontrollieren. Vor allem im Osten müssten auf der Stelle sämtliche Grenzen geschlossen und mit Trauben von Hubschraubern die Fernverkehrsstraßen und Autobahnen ausgespäht werden. Er, Meyer, wusste, was zu tun war.

In der im Zentrum der Stadt gelegenen Polizeiwache tat sich erst einmal gar nichts. Meyer erhielt, nachdem er sein Begehr einer Wechselsprechanlage mitgeteilt hatte, Einlass. Hinter Panzerglas saß eine Uniformierte, die Meyer aufforderte, seinen Personalausweis in den Drehnapf zu legen und Platz zu nehmen.

Ein dröhnender Cola-Automat und zwei um ihre Handtaschen erleichterte Damen, die ihre bloßen Arme wie Flügel flattern ließen und unruhig hin und her liefen, füllten den Warteraum. Meyer, der in der Fensternische Platz genommen hatte, schüttelte nur kurz den Kopf, als ihn die Damen fragten, ob auch ihm die Handtasche gestohlen worden sei. Dabei hielt er seine lederne Aktentasche wie einen Panzer vor der Brust umklammert. Aber darauf achteten die beiden Damen nicht, ohnehin war ihr Interesse an ihm nach dessen Verneinung gleich erloschen.

Meyer fühlte sich nackt und elend; er rückte noch enger mit seiner Aktentasche zusammen. Aus wehleidigen Augen, den Kopf in den Nacken zurückgezogen, sah er dem Wetter draußen mit Unbehagen zu. Ein Baum, der sich in Wind und Regen bog und sein Blattwerk silbern schüttelte, wurde in Meyers Augen von Regenstriemen förmlich durchgepeitscht. Kein Wunder, dass er im selben Moment seinen Horch sah, an dessen Verdeck der Wind zerrte, auf den der Regen einschlug und der unter den Händen seiner Diebe hoffentlich gerade ins Trockene eines Brückenbogens geschoben wurde.

Das Wort Autobahnbrücke lag ihm noch auf der Zunge, als er von einem Uniformierten abgeholt und in ein kleines zellenähnliches Befragungszimmer geleitet wurde. Der Polizeimeister bot Meyer einen Platz an, nahm selber vor einer wuchtigen elektrischen Schreibmaschine Platz und drehte mit fleischiger Hand einen Bogen Papier durch die Maschine wie durch einen Fleischwolf. Dann zielte er mit den Kuppen seiner beiden abgespreizten Zeigefinger nach den Buchstabenköpfen der Tastatur und schaute nach jedem Rasseln abwechselnd in den Pass und das Gesicht seines Gegenübers. Dieses bestätigte Wort für Wort die eigenen Personalien, die der Polizist aus Michael P. Meyers Personaldokument stockend, mit einigen Versprechern versehen, aufsagte. Die Wiederholung von bekannten, nicht infrage stehenden Tatsachen war offensichtlich ein gutes, gewiss von Psychologen erprobtes Mittel, die Aufregung des Menschen zu dämpfen, der auf diesem Stuhl saß, um eine Anzeige zu erstatten.

In der Polizeischule wusste man, dass das Verfahren dazu führte, dass am Ende das Opfer dem Gefühl erlegen war, die Aufnahme des Protokolls hätte nicht seine Zeit gekostet, sondern sein Anliegen schmälerte das Zeitbudget des Gemeinwohls. Fast wäre es auch zwischen Meyer und dem Polizeimeister darauf hinausgelaufen, doch als Meyer den Ort des Diebstahls zu Protokoll gab, hob der Polizeimeister unverwandt beide Hände von der Maschine, stand auf, trat vor einen großen, die Wand fast bedeckenden Stadtplan und legte einen Finger darauf wie auf eine Wunde. Er wiederholte den Namen der Straße, den Michael P. Meyer gerade zu Protokoll gegeben hatte, im Ton einer Frage. Als Meyer heftig nickte, wiederholte der Polizeimeister den Namen der Straße abermals. Und Meyers Kopf bewegte sich wie ein soeben verlassener Schaukelstuhl.

Der Diensthabende wandte sich von der Stadtkarte ab, und beinahe hätte er, als er sich zu Meyer herunterbeugte, dessen Arm vertraulich umfasst, doch vermochte er seine Hand gerade noch zu bremsen. »Ich glaube, Sie müssen sich keine unnötigen Sorgen machen. Sie haben Glück, Ihr Fahrzeug wurde nicht gestohlen, es wurde abgeschleppt. Einen Moment noch, und wir wissen Bescheid.« Und während er die Wählscheibe seines halb grauen, halb beigen Plastiktelefons mit einiger Fröhlichkeit wie ein Glücksrad drehte, fügte er hinzu: »Sicher haben Sie vor der Feuerwehrausfahrt gestanden. Da kennen die kein Pardon! Aber haben Sie denn die Halteverbotsschilder dort nicht gesehen, guter Mann?«

Meyer, bei dem die Strategie der Psychologen gefruchtet hatte und dessen Aufregungspegel tatsächlich wie die Quecksilbersäule eines niedergeschlagenen Fieberthermometers gesunken war, fühlte die eigene Hitze die Speiseröhre emporsteigen und rang nach Luft. Mit rotem Kopf rief er für den kleinen Raum unangemessen laut: »Intrige, sage ich Ihnen! Das ist alles ein abgekartetes Spiel!«

Mit einer Handbewegung bedeutete der Polizist, dass Meyer sich beruhigen solle, und sprach einige Sätze in die Muschel, die Meyer nicht verstand. Er hörte nur ein Jaja und das Nennen von Buchstaben und Zahlenfolge der polizeilichen Kennzeichnung des Horch. Anschließend legte der Polizeimeister den Hörer behutsam auf und schenkte Meyer einen väterlichen Blick. »Wie ich Ihnen schon sagte, abgeschleppt. Ihr Fahrzeug parkte ordnungswidrig vor der Feuerwehrausfahrt und wurde aus Sicherheitsgründen aus dem Verkehr gezogen. Aber geklaut ist es nicht.

Es wurde sichergestellt. Sie können ihren Wagen bei der Abschleppfirma einlösen. Ist nur nicht billig, das sage ich Ihnen gleich.« Dann zog der Beamte mit Schwung den eingespannten Bogen aus der Schreibmaschine: »Im Protokoll brauchen wir nicht fortzufahren. Die Anzeige hat sich erledigt, für Sie und für uns.«

Vor der Tür der Wache schlug auf Meyers Kopf ein großer Regentropfen auf und zerplatzte. Doch lief damit das Fass über, in dem sich Meyers Geduld hielt. Mit einem Taxi, das er trotz des Regens wie auf Zuruf mit seinem hellen Arm rasch heranzuwinken vermochte, ließ er sich ins Büro zurückfahren und rief in der Stabsstelle des Oberbürgermeisters an. Dort wurde er an dessen Stellvertreter verwiesen, dann an den Stellvertreter des Stellvertreters, den zuständigen Beigeordneten, Amtsleiter und so weiter und hörte schließlich am anderen Ende die Stimme der amtierenden Abteilungsleiterin, die ihm seit dem Gerangel um die Parkgebühren wie ein sirenengleicher Dauerton schmerzhaft in den Ohren lag.

»Ich verlange, dass Sie auf der Stelle mit meinem Wagen vorfahren und ihn mir persönlich übergeben!«, herrschte Meyer die Frau an, während er das Frotteetuch, das die Mutter ihm gereicht hatte, wie ein Pascha um den Kopf trug.

»Herr Meyer, so kommen wir nicht weiter«, klang am anderen Ende das Postulat. »Sie überhäufen uns mit Beschwerden und verstoßen selbst permanent gegen die Straßenverkehrsordnung. Wenn Sie so fortfahren, Herr Meyer, werden Sie zum Problem.«

»Ich fortfahren, womit denn? Sie Ulknudel, Sie! Ich diskutiere nicht länger mit Ihnen über Ihre Raubrittermethoden! Bringen Sie meinen Wagen zurück und basta!«

Meyer unterbrach die Verbindung, riss sich das Handtuch vom Kopf und schwang es wie ein Lasso durch die Luft. Ihm brach der Schweiß aus auf der noch vom Regen feuchten Stirn.

Es dauerte zwei Tage, bis Post vom Ordnungsamt eintraf. Wiederum gab es einen grauen und einen blauen Umschlag. Der graue enthielt eine Ankündigung, dass die Rechtsabteilung des Rathauses bei der Staatsanwaltschaft Anzeige erstattet hätte wegen übler Nachrede und Beleidigung. Der blaue enthielt die Aufforderung, binnen sieben Tagen ein Verwarngeld wegen einer erneuten Ordnungswidrigkeit bei der Stadtkasse einzuzahlen.

Wieder formulierte Meyer einen Einspruch, wieder sendete er ihn als Faksimile an die Stadtverwaltung. Danach borgte er sich den Kleinwagen seiner Mutter, nahm keinerlei Notiz von dem Geschehen an den Straßenrändern, hielt das Lenkrad krampfhaft fest und hatte nach jedem Stopp an einer Kreuzung Mühe, das Fahrzeug schnell genug auf Touren zu bringen. In der Innenstadt angekommen, legte er sich einen Schreibblock auf den Schoß und fuhr alle Straßen und Plätze in der Nähe ab, auf denen es gebührenpflichtige Parkplätze gab. Sorgsam registrierte er Standort, Uhrzeit, polizeiliches Kennzeichen und Wagentyp von jenen Fahrzeugen, deren Parkzeit entweder überschritten war oder hinter deren Windschutzscheibe sich kein gelöster Parkschein befand oder das an einer Baustelle oder an einer Kreuzung im Parkverbot stand. Diese Tour machte er ab diesem Zeitpunkt zweimal täglich, vormittags und nachmittags. Zuhilfe kam ihm dabei, dass sein Geschäftspartner ohnehin die ersten Frühlingswochen eines jeden Jahres in seinem Ferienhaus in der Toskana verbrachte und so niemand daran Anstoß nahm, dass er die Geschäfte etwas schleifen ließ.

Die langen Listen, die er schließlich erstellte, faxte er jeden Abend an die Stadtverwaltung, zu Händen des Oberbürgermeisters, aus dessen Amtsstube Meyer anfangs noch anderntags eine gleichlautende Eingangsbestätigung erhielt, auf welcher ihm mitgeteilt wurde, dass man die Eingabe zuständigkeitshalber weitergeleitet habe. Schließlich blieben diese Schriftstücke aus, doch Meyer blieb weiterhin in Aktion und verfertigte Abend für Abend Listen von ungesühnten Verstößen gegen die geltende Straßenverkehrsordnung.

Der Tag kam, an dem Michael P. Meyer zum Amtsgericht der Stadt geladen war. Es war ein Cabriotag. Doch dieses stand seit reichlich zwei Wochen auf dem Hof jenes Abschleppunternehmens, dessen Geschäftsführer Meyer schon mehrmals aufgefordert hatte, gegen Zahlung der Abschlepp- und Abstellgebühren sein Fahrzeug auszulösen.

»Meinen Horch soll mir die Dame vom Ordnungsamt

höchstpersönlich vorbeibringen!« Darauf beharrte Meyer, was der Mann jedes Mal kopfschüttelnd quittierte.

Doch Meyer sah weder das Kopfschütteln des Transportunternehmers, noch sah er sein dem Aprilwetter ausgesetztes Cabriolet, mit dessen Verdeck keine der Hilfskräfte auf dem Autohof zurande gekommen war. Sondern Meyer sah einfach rot, als er an diesem Tage das Tor des Vierseithofes öffnete und die Ausfahrt ein schäbiger, quer gestellter Kleintransporter versperrte, auf dessen Ladefläche ein Fass stand, das den übel riechenden Gestank von Schweinegülle verbreitete.

Im ersten Moment wich Meyer in seinem hellen Anzug vor dem Gestank zurück. Als er sah, dass ein korpulenter Mann mit Latzhose in aller Seelenruhe mit verschränkten Armen am Fahrerhaus lehnte, herrschte er diesen aus einigen Metern Entfernung an: »Hören Sie, das ist eine Ausfahrt, parken Sie gefälligst woanders mit Ihrem Jauchewagen!«

»Sachte, sachte«, sprach der seelenruhige Mann gelassen. »Sind Sie der Herr M-Punkt/M-Punkt aus der Zeitung? Mein Chef sagt, Sie würden unsere Firma ruinieren. Wir arbeiten schon unter Tarif.«

»Was meinen Sie mit aus der Zeitung?«, fragte Meyer sichtlich irritiert und trat, den Gestank für diesen Augenblick überwindend, etwas näher.

»Hier, lesen Sie selbst, dann wissen Sie, was Sie angerichtet haben. Für uns bedeutet das drei Strafzettel in einer Woche!« Der Mann hielt ihm die Zeitung entgegen, und Meyer streckte den Arm aus und zwickte mit der anderen Hand die Nasenflügel zusammen wie früher im Freibad beim Sprung vom Dreimeterbrett.

Auf dem Zeitungsfoto erkannte sich Meyer, mit einer Lupe ausgestattet, wieder. Er hockte vor einem Fahrzeug und prüfte die Plakette auf dem Blech eines Kennzeichens auf ihre Gültigkeit. Neben dem Foto stand ein zweispaltiger Text, den Meyer überflog, und in dem vom vorbildlichen Bürger M.M. die Rede war, der die Stadtverwaltung täglich auf zahllose Parksünder hinweisen würde und deren Arbeit damit noch effizienter ausfallen könne. Die schon beabsichtigte Aufstockung des Personals hätte das Ordnungsamt erst einmal zu den Akten gelegt.

Erschrocken sah Meyer den Mann an.

»Ich kann Ihnen da nicht helfen, meine Order heißt, Ihnen das Fass zu bringen«, sagte der Latzhosenmann, von Meyers Hilflosigkeit unberührt. »Ich mache meinen Job wie Sie Ihren. Ich bringe Ihnen dieses Fass, aber nur den Inhalt, das Leergut muss wieder mit.«

»Machen Sie keinen Unsinn, Mann, sondern endlich die Ausfahrt frei.« Und als Meyer merkte, dass der Mann nicht dergleichen tat und im nächsten Moment seine Ankündigung wahrmachen würde, lief er zum Wagen seiner Mutter, schaltete den noch laufenden Motor aus, nahm seine Aktentasche von Beifahrersitz und eilte davon.

An der Haltestelle am Dorfplatz studierte er den Fahrplan der Buslinie, hob auch einige Male zaghaft den Arm, als ein Auto vorbeifuhr, aber kein Nachbar registrierte die Geste.

Schließlich kam er nach einer betulichen Busfahrt und einem gehörigen Sprint mit Verspätung am Gerichtsgebäude an. Unter der Vielzahl der Verhandlungssäle den auf seiner Ladung stehenden herauszufinden, kostete Michael P. Meyer überdies Zeit, und als er endlich vor der richtigen Tür stand und zu klopfen ansetze, öffnete sich diese. Ein hochragender Mann im Talar stand Meyer gegenüber.

»Sie sind der Beklagte? Sehe ich das richtig?«, fragte der Mann, der sich als für die Verhandlung zuständiger Amtsrichter vorstellte. Und als Meyer, atemlos, nicht mehr als ein bejahendes Japsen hervorbrachte, legte der Mann, der Meyer um gut einen Kopf überragte, seine Hand auf dessen Schulter. »Sie kommen leider zu spät. Ich habe den Beschluss in Ihrer Abwesenheit fassen müssen. Aber keine Sorge, das Urteil fällt für Sie milde aus. Sie zahlen das Bußgeld und die Gerichtskosten, dann bleibt das Ganze für Sie ohne Folgen. Beschluss und Kostenbescheid gehen Ihnen schriftlich zu. Ich darf mich verabschieden.« Der Mann hob die schwere Hand von Meyers Schulter, sodass dieser Erleichterung verspürte, und den Amtsrichter verstört, aber dennoch dankbar ansah.

Hinter dem Rücken des Richters hatte sich die andere Partei versammelt, nachdem dieser beiseitegetreten war, wurde Meyer ihrer ansichtig: die Ordnungsamtsdame in Uniform, eine Begleiterin von ähnlicher Erscheinung und Statur und ein Mann, aktenbeladen, von der Rechtsabteilung des Rathauses, wie Meyer aus der Ladung wusste.

Dass Meyer der Gruppe Platz machen musste, missfiel ihm. Aber was sollte er tun? Jetzt noch in den Gerichtssaal einzutreten, wäre ohne Sinn geblieben. Sich einfach abzuwenden und wegzugehen, erschien ihm ebenso wenig passend. Also trat er zur Seite und gab dem Mann und den beiden Frauen den Weg frei.

Für einen Moment traf Meyer der Blick der Politesse. Eine Mischung aus Hochmut, Triumph, Überlegenheit und Geringschätzung lag in deren Augen. Ein stahlgrauer Ton. Ohne ein Wort zu sagen, ging sie beherrscht an Meyer vorbei.

Vom Gericht aus nahm Meyer den direkten Weg in die Bahnhofsgegend. Dort war das Transportunternehmen zu finden, auf dessen Gelände sein Horch-Cabrio von Amts wegen abgestellt worden war. Es musste Meyer heute einfach Trost geben, sein Gefährt – oder besser noch: seinen mühsam wieder auf die Räder gestellten Gefährten – zu begrüßen und ihn aus der Fremde heimzuholen. Das Geld, das er dafür auf den Tisch zu legen hatte, konnte ihn im Grunde nicht mehr schrecken. Wie leicht waren noch größere Summen zu verlieren. Mit jedem weiteren Tag stieg die Summe der Gebühren für das bloße Abstellen des Wagens an. Und der Termin für die Verhandlung über das nach Meyers Ansicht widerrechtliche Abschleppen des Cabriolets war noch nicht in Sicht. Seine Chancen, hier zu obsiegen, rechnete sich Meyer nach dem heutigen Urteil deutlich geringer aus. An der groben Tür im Erdgeschoss eines alten Klinkerbaus stand auf einem Emailleschild Kontor. Meyer klopfte an und trat, ohne eine Antwort abzuwarten, ein.

»Ich komme wegen meines Horch«, sagte er zu dem Mann, der hinter einem Papierberg hervorlugte, ihn daraufhin mit einem Handzeichen um Geduld bat und das Eintippen von Zahlenreihen in eine große rasselnde Rechenmaschine augenscheinlich nicht zu unterbrechen gedachte.

Meyer sah sich um. Die Ausstattung war dunkel, gediegen und hatte mindestens das Baujahr von seinem Cabriolet. Hohe Aktenregale, verzierte Schübe und ein gedrechselter Tresen. Alles aus Tropenholz, geschlagen und verschifft wohl während der Kolonialzeit.

Der Mann sagte schließlich »So«, was von einem längeren, abschließenden Summieren der Additionsmaschine begleitet wurde. »Sie kommen wegen Ihres Cabrios, sehe ich das recht?«

Meyer stützte sich auf den Tresen, scharrte beinahe schon mit den Füßen, doch beließ es am Ende beim Nicken und zog, um das Warten nunmehr abzukürzen, Scheckheft und Wagenpapiere aus seiner Aktentasche. Doch Meyers Widerpart blieb hinter seinem Schreibtisch sitzen, straffte nur den Oberkörper und wiegte bedächtig den Kopf: »Sie wissen doch, nur Bares ist Wahres!«

»Wie viel bekommen Sie denn? Und wo steht mein Wagen? Ich habe ihn auf dem Hof nicht entdecken können«, erwiderte Meyer, der seine Erregung nur mit großer Anstrengung zu unterdrücken vermochte.

Wieder neigte sich der Mann über seine Rechenmaschine, fuhr mit einem Finger die Felder des Wandkalenders entlang, tippte ein paar Zahlen ein, ließ es rasseln und nannte Meyer einen dreistelligen Betrag.

Nachdem Meyer darauf bestanden hatte, zuerst sein Auto in Augenschein nehmen zu wollen, eher er sämtliche Gebühren entrichten würde, folgte er dem Abschleppunternehmer vom Kontor zum Abstellplatz mit gesenktem Kopf und einem reichlichen Meter Abstand. Der Unternehmer schritt regelrecht über den Hof, als eskortierte er die in Linie aufgestellten Fahrzeuge zu beiden Seiten. Diese ihm schutzbefohlenen Karossen. Schließlich blieb er stehen und schlug eine graugrün gefleckte Armeeplane zurück und zauberte quasi den Horch hervor.

Meyer stockte der Atem. Gleichzeit schlug ihm ein modriger Geruch aus dem Fahrzeuginneren entgegen. Ohne auf den Mann Rücksicht zu nehmen, fasste er ein Ende der Plane und zog sie mit Schwung gänzlich vom Wagen.

Der Anblick war erbärmlich. Schlieren überzogen die Lackflächen. Stumpf wie Aluminium schimmerte das ehedem funkelnde Chrom. Auf der Sitzbank im Fond lag ein alter Lappen. Und die ledernen, feingenoppten Lehnen waren von einem weißlichen Pilzgespinst befallen. Als Meyer die Fahrertür aufschloss und mit einiger Anstrengung die verklebte Tür öffnete, rann aus den schwarzfeuchten Fußmatten das abgestandene Regenwasser der letzten Tage über den Schweller.

»Ich hab' Ihnen ja gesagt, holen Sie den Wagen ab, hier

wird er nicht besser. Glauben Sie mir, es war nicht einfach, auf die Schnelle diese wetterfeste Plane zu besorgen. Das hat ein paar Tage gedauert. Auf Cabrios ist unser Unternehmen nicht eingerichtet. Im nächsten Jahr wird dort eine Halle stehen, dann wird es besser.« Der Mann deutete mit dem Arm in eine Richtung, ohne dass Meyer ihm mit den Augen folgen mochte.

Mit einem Ruck, als müsste Meyer sich selbst anstoßen, trat er von der Fahrzeugtür zurück und sagte leise, ohne die Worte an den Transportunternehmer zu richten: »Ich hole Bargeld.«

Und während er schnellen Schritts vom Autohof ging, rief der Mann Meyer mit jovialer Stimme nach: »Was meinen Sie, soll ich inzwischen die Fahrzeugbatterie an den Schnelllader hängen? Kann ja nichts schaden.«

Mehr als ein »Von mir aus« brachte Meyer in der Sekunde nicht über die Lippen. Auch warf er die drei Worte eher hin, als dass er sie aussprach.

Der nötige Betrag war mit der Scheckkarte seiner Bank schnell aus dem Automaten gezogen. Im Gegensatz zu sonstigen Transaktionen hatte sich Meyer diesmal nicht vorsichtig vorher umgesehen, sondern war geradewegs auf den Automaten zugegangen. Erst das raschelnde Automatengeräusch ließ ihm bewusst werden, dass er sich in einer für jedermann zugänglichen Selbstbedienungsfiliale auf dem Bahnhof befand. Es bedurfte nach Meyers Meinung nicht viel Fantasie, um einige vor der Tür oder in der Bahnhofshalle herumlungernde Männer in eine Verbrecherkartei einzuordnen. Hastig raffte er die Geldscheine zusammen und verbarg das Knäuel in der Hosentasche.

Ganze drei Schritte bewegte sich Meyer auf den Ausgang des Bahnhofs zu, dann machte er mit einem Mal kehrt. Trat auf einen der Männer zu, die in kleinen Gruppen wie zufällig zusammenstanden. Es waren nur wenige Worte, die Meyer mit dem Fremden wechselte. Dieser zeigte auf seine Armbanduhr. Meyer ließ seine Zustimmung deutlich werden. Dann trennten sie sich im selben Moment. Nach wenigen Metern schon verfiel Meyer ins Schlendern, hob die Augen zu den Auslagen des Zeitungskioskes und der Blumenhandlung und verglich ständig die Digitalanzeige seiner Armbanduhr mit der analogen der Bahnhofsuhr.

Geraume Zeit später stand der Mann vor Meyer und hielt ihm eine Zeitung entgegen. Die Zeitung wurde gefaltet und behutsam, als enthielte sie ein Sammlerstück aus Porzellan, übergeben. Im Gegenzug zog Meyer das Bündel frischer Geldscheine aus seiner Hosentasche und legte es dem anderen auf den Handteller.

Meyers Herz raste. Er nahm zwei Stufen der Rathaustreppe gleichzeitig und stürmte nach oben. Das neue Logistiksystem der Stadtverwaltung ließ ihn das Ordnungsamt sofort finden. Er lief an den Türen entlang, bis er bei dem gesuchten Namensschild anlangte. Ohne anzuklopfen, riss er die Tür auf. Seine Schusshand, von der Tageszeitung verdeckt, umfasste das Eisen. Ein Eisen, das verwandt war mit dem seines gedemütigten Cabriolets.

Er entsicherte die Waffe. Die Frau, der sein ganzer, wochenlang angestauter Hass galt, stand, ihm den Rücken zugewandt, am Fenster und telefonierte. Sie hatte das Öffnen der Tür nicht wahrgenommen. Ihre Bluse war weiß und tiefblau ihr Rock. Sie sprach in den Hörer, es waren Worte, die keinerlei Bedeutung mehr haben sollten.

Plötzlich drehte sie sich um. Ihre Augenbrauen schienen zu schweben. Sie nahm den Hörer vom Ohr und verstummte mit hohlem Blick. Das Blut, das nach den Schüssen austrat, färbte ihre Bluse rot. Langsam sackte sie zusammen, und Meyer ließ die Waffe sinken. Er war froh, die Frau von Angesicht zu Angesicht erschossen zu haben und so die Angst in ihren Augen mit sich nehmen zu können.

Dem Tumult auf dem Gang und dem wachhabenden Personal trat Meyer mit bloßen vorgestreckten Armen entgegen. Das Schusseisen hatte er im Zimmer zurückgelassen.

Alles in einer Hand

Das war für ihn neu. Die Frau kam heim, mit Schmuck um den Hals, an den Fingern und Ohren, und mit Lidstrich und Lippenrot im Gesicht. Er konnte nicht sehen, wie sie sich verwandelte, aber er sah das Ergebnis. Schmucklos saß sie wenig später im Nachthemd am Tisch und erfreute sich daran, dass er das von ihm vorbereitete Abendessen servierte. Sie hasste es, die Kleidung, die sie tagsüber trug, in der Wohnung anzubehalten, die Straßenschuhe streifte sie schon vor der Wohnungstür auf dem Abtreter ab. Und sich für die wenigen Abendstunden umzuziehen, hielt sie für einen unnützen Aufwand. Viel lieber schlang sie abends noch eine Decke um ihren Leib, wenn sie beim Fernsehen auf der Couch lag und fröstelte.

Der Verleger Rüdiger Förster hatte lange Jahre keinen Feierabend gekannt. Sein Alles-in-einer-Hand-Konzept, das von ihm Ende der 1990er Jahre entwickelt und mit positiver unternehmerischer Wirkung erprobt worden war, gestaltete sich deshalb von Beginn an so erfolgreich, weil es auf seiner Manpower beruhte. Nach einigem Suchen und mit Hilfe eines Bekannten, dessen Frau in der Chefetage der Industrie- und Handelskammer arbeitete, hatte er zwei stille Teilhaber für sein Unternehmen gefunden, die bereits vor Jahren aus dem Westen Deutschlands gekommen waren, im Osten Dependancen unterhielten und hier immer heimischer wurden. Anfangs fehlten Rüdiger Förster für das Einstellen von Personal noch etliche Voraussetzungen. Dennoch führte er unmittelbar nach der Gewerbeanmeldung neben seinen langwierigen Verhandlungen mit Leasingfirmen und Kreditgebern erste Personalgespräche. Einer der Teilhaber unterhielt ein Steuerberatungsbüro und war von Beruf Wirtschaftsprüfer. Ihm waren die perfekt formulierten und mit den richtigen Zahlen untersetzten Kreditanträge zu verdanken. Das Alles-in-einer-Hand-Konzept sah vor, nicht nur Manuskripte zu prüfen und bei Annahme zu lektorieren und nach der Druckfreigabe ihren Satz und das Innere wie Äußere des Buches zu gestalten, nein, das Alles-in-einer-Hand-Konzept galt auch für Buchdruck und Buchbindung, für Werbung, Marketing, Pressearbeit und Vertrieb.

Seit das World Wide Web seinen Namen verdiente und das sprichwörtliche Dorf die Welt war, bot es völlig neue Möglichkeiten der Kommunikation. Rüdiger Förster zeigte sich begeistert und vermochte es, mit seiner Begeisterung und einer gelungenen Power-Point-Präsentation, Geschäftspartner und potenzielle Kunden regelrecht zu infizieren. Das galt ebenso für den Vermieter einer geeigneten Gewerberaum-Immobilie wie auch für die ortsansässigen Banken, die für den nötigen Geldfluss sorgten.

Das erste Buch, das Rüdiger Förster verlegt hatte, stammte aus seiner Feder. Es war ein Science-Fiction-Roman, für den er bis dahin keinen Verlag gefunden hatte. Und *Feder* war dabei fast wörtlich zu nehmen, denn er hatte den Roman Anfang der Neunziger Seite um Seite auf seiner Reiseschreibmaschine Marke *Erika* getippt und in herkömmlicher Weise mit Kohlepapier zwei Durchschläge angefertigt. Heute hielt Rüdiger Förster eine solche Technik für vorsintflutlich. Die auf Durchschlagpapier hergestellten Kopien seines Romans hatte er längst entsorgt und das Typoskript mit Hilfe eines Scan-Programms in eine druckfähige Datei verwandelt. Dem Buchgestalter Frank Fränkel, bald von allen nur FF genannt, ein junger Absolvent der Leipziger Hochschule für Grafik und Buchkunst, verdankte er ein brillantes Buchcover und dem neuen geleasten Maschinenpark einen vorzüglichen Druck. Keine Frage, dass sein Roman zunächst dem Probelauf diente und von Rüdiger Förster fortan als Musterexemplar für die hohe Fertigungsqualität seiner Druckmaschinenflotte vorgezeigt wurde. Försters Roman *Letteranien*, von Buchliebhabern als schöne Utopie gefeiert und in zwei überregionalen Tageszeitungen lobend erwähnt, bildete ein Mekka für die Buchbranche. Die Belletristik wurde von einer von Germanisten und Literaturwissenschaftlern dominierten Regierung zur neuen Währung erklärt.

Öffentliche Bibliotheken, zumal die im ländlichen Raum, fielen unmittelbar nach der Währungsumstellung Plünderern anheim und mussten martialisch gesichert und Tag und Nacht vom Militär bewacht werden wie in Krisenzeiten die Staatsbanken. Seltene und vor allem limitierte Ausgaben von Künstlerbüchern erzielten den höchsten Tauschwert. Titel aus Massenauflagen wurden wie Kleingeld bewertet. Schlangen bildeten sich bei Autorenlesungen, seit handsignierte Exemplare hochrangig gehandelt wurden. Autogrammstunden hatten in allen Fußgängerzonen Konjunktur und vertrieben Juweliere wie CHRIST und WEMPE aus der Citylage. Verlage suchten händeringend nach neuen Autoren. Selbst Lyrikbände fanden reißenden Absatz. In Rüdiger Försters Schilderung kam es kurzzeitig zu einem Phänomen, als ein Belohnungssystem lesenden Fahrgästen im Öffentlichen Personennahverkehr kostenfreie Fahrt erlaubte und in Restaurants allein für das Darbringen eines Haikus oder Limericks ein Freigetränk und für das lückenlose Aufsagen einer Ballade eine volle Mahlzeit versprach. Nachdem die Busse und Bahnen von Buchschösslingen bevölkert waren und es zu Überfüllungen und permanenten Verspätungen kam und ganze Familien als Union von Vortragskünstlern auftraten und sich an dem Speisenangebot gütlich taten, wurde dieses Belohnungssystem allerdings schnell abgeschafft. Vielmehr machte das Wort von der *geistigen Nahrung* die Runde und schon die jüngsten Leser tauschten ihre Spielkonsolen gegen Kinderbücher ein.

In der Realität, die Rüdiger Förster zunächst aus der Autorenperspektive und mit Beginn seiner Unternehmertätigkeit aus der Verlegerperspektive betrachtete, war der Buchhandel kein Selbstläufer. Rüdiger Förster akquirierte, man könnte sagen, rund um die Uhr. Denn perspektivisch wollte er auch nicht vor Zeitzonen Halt machen, doch zunächst galt sein Augenmerk der Mitteleuropas. Und in der Tat hatte er binnen weniger Monate sein Team aufgestockt und Aufträge von mehr als 20 Verlagen an Land gezogen. Und auch das war beinahe wörtlich zu nehmen. Denn der Sitz des Unternehmens bildete die Spitze einer Landzunge, die im Südwesten der Buchstadt in die Weiße Elster ragte. Beim Brainstorming mit seinen beiden stillen Teilhabern, als es darum ging, einen Namen für das gemeinsame Unternehmen zu finden, war dann auch rasch der Name *Buchinsel* im Gespräch. Aber Rüdiger Förster hatte schnell den negativen Beiklang eines solchen Firmennamens herausgefunden. Ein *Inseldasein* sollte das gemeinsame Druck- und Verlagshaus auf keinen Fall fristen. Nach etlichen anderen Vorschlägen, die nach einigem Wiederkäuen alle verworfen worden waren, setzte sich Försters Wortspiel *Buchstapel* durch: Verlags- und Druckhaus Buchstapel GmbH. Das klang gut, vereinte das Einzelne mit der Masse. Viele schöne und einzigartige Bücher wollte man machen. Und Masse. Und Kasse, wie die Teilhaber sagten.

Und schon nach kurzer Zeit waren die Bilanzen prächtig. Mehrere Hundert, meist selbst ernannte Autorinnen und Autoren wurden vorstellig und wollten ihre Verse, persönlichen Erinnerungen und Familiengeschichten gedruckt sehen. Die wenigsten konnten die in Rechnung gestellten Kosten für Satzgestaltung und Layout oder die Mindermengenzuschläge von ihrem Vorhaben abbringen. Die hohe Druckqualität überzeugte auch immer mehr Verlage, die bisher Kunden in Fernost oder in Billiglohnländern Europas waren. Kurze Wege wurden immer beliebter und zeugten von einer hervorragenden Ökobilanz. Die Zahl der Auftraggeber wuchs also stetig an. Die Lieferanten ließen die Klinke nicht kalt werden und überschlugen sich mit Sonderangeboten. Schließlich reichte die Produktions- und Lagerfläche nicht mehr aus. Man müsse expandieren, war die einhellige Meinung der drei Gesellschafter. Die Zeit war jedoch nicht stehen geblieben. Der Gewerberaummarkt bot längst nicht mehr so viele freie Flächen wie noch wenige Jahre zuvor. Doch schließlich wurde Rüdiger Förster für seine Buchstapel-GmbH fündig und sich mit der Vermietungsfirma handelseinig und unterschrieb einen Vertrag mit einem festen Mietzins über zwei Jahre, erst dann sollte eine Mieterhöhung möglich sein. Endlich hatte das Verlags- und Druckhaus Buchstapel genügend Lagerfläche in Aussicht, um seine Produktionsstraße zu verbreitern und um die auf dem Buchmarkt längst erforderlichen Extraleistungen im Bereich der Buchveredelung anbieten zu können. Außerdem musste dringend das Datenarchiv erweitert werden, um die Möglichkeit von Neuauflagen nicht nur zu offerieren, sondern drucktechnisch im großen Stil auch vorhalten zu können.

Alles war detailliert für den Umzug geplant, für die Angestellten eine dreiwöchige Urlaubssperre verhängt worden. Eine Woche galt dem Abbau und Verstauen des Maschinenparks sowie sämtlicher weiterer Betriebseinrichtung. Bis auf den letzten Kubikmeter war die Transportkapazität ausgereizt worden. Für das Auspacken und Aufstellen und die Wiederinbetriebnahme hatte Rüdiger Förster mit Hilfe eines Logistikers vier Arbeitstage eingeplant und eine Einrichtungsfeier für das darauffolgende Wochenende vorgesehen, bei der der gute alte *Subbotnik* wiederbelebt werden sollte. Doch dazu kam es nicht. Vielmehr standen die LKWs Schlange im neuen Werkshof und kuppelten ihre beladenen Anhänger ab, für deren Nutzung als Lagerraum fortan Miete zu zahlen war. Alles Leichte wurde schnell entladen und die Büros waren binnen eines halben Tages eingeräumt. Freilich blieben die Bildschirme blind. Es dauerte mehr als eine Woche, ehe das Netzwerk wieder in Betrieb gesetzt werden konnte. Und das auch nur, weil Frau Seelig, Rüdiger Försters Sekretärin, die sich bereitwillig als *die Seele des Ganzen* bezeichnen und einsetzen ließ, über die notwendige Verbindung verfügte und ihr Schwager bei der Telekom angestellt war. Ihm oder besser gesagt seinem Nachwuchs wurde mit einem Konvolut an fast unversehrten Remittenden aus der vorjährigen Kinderbuchproduktion gedankt. Der Telefon- und Internetanschluss war nachgerade überlebenswichtig für den Neustart des Verlags- und Druckhauses Buchstapel. Und was bei dieser Formulierung dramatisch anmutet, spiegelt die tatsächliche Situation wider. Vielfältige Telefonate sowie das Versenden, Empfangen und vor allem Kommentieren von Klassifikationen und Expertisen bestimmten ab dem ersten Umzugstag das Management von Rüdiger Förster. Und all das geschah unter erheblichem Zeitdruck. Analog den Auslagen in den Supermärkten startete alle Jahre auch in der Buchproduktion im September das Weihnachtsgeschäft. Das Herbstprogramm besaß für Verlagswesen und Handel das Gros. Dem trug das Portfolio des Verlags- und Druckhauses Buchstapel seit seiner Gründung Rechnung und bot mit dem Alles-aus-einer-Hand-Konzept ein vielfältiges Fertigungsprogramm, mit dem sich *Buchstapel* inzwischen im gesamten deutschsprachigen Verlagsgeschäft einen exzellenten Namen für das kundenfreundliche Preis-Leistungs-Verhältnis gemacht hatte. Doch jetzt stand der Betrieb still, die einstigen Anlernlinge, die sich längst in gewiefte Druckmaschinisten verwandelt hatten, strichen täglich um die noch immer sorgsam verpackten Maschinen herum und richteten ihre fragenden Blicke in Richtung des Fensters, hinter dem Rüdiger Förster täglich aufs Neue um eine Problemlösung rang. Es schmerzte ihn körperlich, dass die hochwertige High-tech-Hardware, die inzwischen auf Paletten lagerte, nicht längst wieder in Gang gesetzt worden war. Nach Ansicht der Bauaufsichtsbehörde sei Gefahr in Verzug und sie verbot mit sofortiger Wirkung das Aufstellen und den Betrieb der Strecke der Druck-, Schneide- und Heftungsmaschinen, da nach deren Berechnungen die Deckenlast dem

Gesamtgewicht nicht standhalten würde. Das Verbot der Bauaufsicht hatte Rüdiger Förster in seinen Grundfesten erschüttert. Irgendwie hatte auch die Haftpflichtversicherung von dem Dilemma erfahren und den Geschäftsführer vor unüberlegten Alleingängen gewarnt. Wieder und wieder legte Rüdiger Förster die Stellungnahme der Vermietungsfirma vor, die darauf Bezug nahm, dass das in den 1920er-Jahren errichtete Gebäude seit jeher der industriellen Fertigung diente. Per Fax sandte er Dokumente der Leipziger Maschinenfabrik an das städtische Bauamt, aus denen hervorging, dass bis zum Auszug der LeiMa hier Bauteile für Krananlagen hergestellt worden waren, und das auf Maschinen, deren Bruttogewicht mindestens das Doppelte der modernen Buchfertigungsmaschinen aus Japan betrug. Er scheute sich nicht, den Fraktionen der Parteien im Rathaus die Misere zu schildern. Schließlich machte Rüdiger Förster einen Statiker ausfindig, der mittels Berechnungen und Belastungsproben binnen weniger Tage eine Expertise aufstellte, die geeignet war, das Verdikt der Baubehörde ad absurdum zu führen. Doch das Bauamt widersprach dem Gutachten des Ingenieurs, schätzte ihn als befangen ein und verlangte stattdessen die Prüfung durch einen öffentlich bestellten und vereidigten Sachverständigen. Auch hier half wieder der Kontakt zur IHK. Doch die Auftragsbücher der Gutachter waren voll und man vertröstete ihn auf das neue Jahr. Rüdiger Förster war schlau genug, die Zusagen, die ihm aus den Büros zweier öffentlich bestellter Sachverständiger vorlagen, an das Bauamt zu schicken, um vor Auftragserteilung deren Zustimmung einzuholen. Nach drei Wochen erhielt er auf dem Postweg einen Zweizeiler und man teilte ihm mit, dass der Vorgang geprüft werde.

Nicht davon zu reden, dass ein weiteres Gutachten mit weiteren Kosten verbunden war, vielmehr lief Rüdiger Förster und seinem Unternehmen die Zeit davon. Zins und Tilgung des GmbH-Gründungsdarlehens erforderte einen pünktlichen und lückenlosen Kapitaldienst. Zudem war seit dem Abbau der Maschinen bereits die zweite Leasingrate fällig. Es fielen für das neue Objekt und bis zur Rücknahme des alten zudem doppelte Mietkosten an, wobei die Belegschaft kräftig Hand anlegte, das Vormietobjekt für die Übergabe in einen einwandfreien Zustand zu versetzen. Die Gehälter und Sozialleistungen der Angestellten ließen an jedem 30. des Monats die Rücklagen schwinden und schmolzen auch die weiteren Einlagen der stillen Teilhaber ab, kaum dass diese verbucht worden waren. Nicht minder große Löcher in den Finanzhaushalt der Firma rissen die Umsatzsteuervoranzeigen und die abgeführte Lohnsteuer. Die Banken, die Rüdiger Förster zunächst allein und dann im Tross mit den Teilhabern aufsuchte, verlangten Einsicht in die betriebswirtschaftlichen Ergebnisse und quittierten die mehrstelligen roten Zahlen auf der Habenseite mit Missbilligung. Die Frage nach einem Zwischenkredit stieß auf wenig Verständnis und noch weniger Zustimmung. Ohnehin sähe Rüdiger Försters Score, hieß es aus der Bankenzentrale, nicht eben rosig aus. Mit

Mitte 50 sei seine Kreditwürdigkeit eine andere als noch mit Ende 40 bei der Bildung des Unternehmens, das zu der Zeit zudem den Bonus der *Neuen Gründerzeit* besaß. Jetzt aber hätten sich die Verhältnisse gewandelt und die Banken müssten zum Wohle ihrer Aktionäre auf Sicherheiten setzen.

Vier Monate nach dem Umzug, zum Jahreswechsel 2009/2010, saß Rüdiger Förster auf einem zurückgelassenen Stuhl im kalten Büro, für das der Mieterzins weiterlief, und nahm Abschied von seinem Firmendomizil. Nicht von den Sorgen, aber vom quälenden Zustand befreit, noch länger hoffen zu müssen. Regungslos schaute er aus dem Fenster auf den Werkhof und sah zu, wie die Schneeflocken auf die leeren Paletten fielen. Sein Fahrrad hatte er unter dem Vordach abgestellt. Als eine der ersten Handlungen hatte er seinen Firmenwagen dem Autohändler zurückgegeben und nach der Funkstille aus dem Rathaus seinen Mobilfunkvertrag gekündigt. Schwerer wog jedoch, dass die Leasingfirmen die Bürotechnik und den Maschinenpark regelrecht beschlagnahmt hatten. Der Besitzwechsel war rechtzeitig vor Einbruch des Winters geschehen. Allen Angestellten hatte Rüdiger Förster schweren Herzens vor Weihnachten den sogenannten blauen Brief mit der Kündigung übergeben müssen und zur selben Zeit gemeinsam mit seinen Geschäftspartnern beim Amtsgericht einen Insolvenzantrag gestellt. Der Beginn der Demontage von *Buchstapel* fiel in die Zeit der Feierlichkeiten zum 20. Jahrestag der Wiedervereinigung Deutschlands, und überall wurde von Ministern und Staatssekretären auf die Errungenschaften der Wirtschaft hingewiesen. Rüdiger Förster empfand es als Farce, nachdem das Bauamt bis dato nicht von seinem Betriebsverbot abgewichen war, sich der Bauamtsleiter jedem Gespräch verweigerte und stattdessen schriftlich auf das Widerspruchs- und Klageverfahren verwies, das ihm als Geschäftsführer durch die neue demokratische Gesetzgebung offen stand. Das Wort von der Amtswillkür machte bei *Buchstapel* die Runde. Da muss die Konkurrenz dahinterstecken, war die gängige Meinung. Aber weder für das eine noch für das andere gab es eindeutige Beweise. Am meisten belastete Rüdiger Förster, dass innerhalb von vier Monaten der gute Ruf, den er binnen vier arbeitsreicher Jahre erworben hatte, zunichtegemacht wurde. Auftrag um Auftrag musste er stornieren und sich dabei von langjährigen Geschäftspartnern trennen, von denen es einige aus der Ferne nicht nachvollziehen konnten, dass das Verlags- und Druckhaus Buchstapel nicht zu seinen vertraglichen Verpflichtungen stand, und ihrerseits Regressforderungen stellten. Weh tat ihm, dass er nicht nur Verlagen eine Absage erteilen, sondern auch Menschen enttäuschen musste, die versucht hatten, ihre Familiengeschichte in Worte zu fassen, für die Enkel, wie sie sagten. Diesen war während des Druckstillstandes ein weitgehendes Lektorat zuteilgeworden, immer mit der Maßgabe, dass man es rechtzeitig vor Weihnachten schaffen würde, ihr Buch zu setzen, nach ihren Wünschen zu gestalten und in der bestellten Stückzahl zu drucken und zu liefern. Im Wissen um die Verzögerung, boten einige Kunden an, die Lieferung nicht abwarten zu wollen, sondern die Exemplare nach Fertigstellung selbst abzuholen. Der Standort des früheren VEB LeiMa war vielen bekannt und sie wollten das mit einem Besuch des Leipziger Weihnachtsmarktes verbinden. Die Anzahlungen, die von den Kleinkunden geleistet wurden, waren längst aufgebraucht. Nicht selten waren dabei im Voraus Mehrleistungen berechnet worden, die von Rüdiger Försters Alles-in-einer-Hand-Firma nun nicht mehr erbracht werden konnten.

»Ich habe übrigens die Briefe mit den CDs als Einschreiben zur Post gebracht und soll dich von Frau Seelig grüßen«, rief Iris Förster vom Bad aus. »Sie stand neben mir in der Schlange von lauter Leuten, die nach Weihnachten Pakete zurücksandten. Sie hat eine ABM in Aussicht, und du sollst dir keine Sorgen machen. Als ich ihr sagte, dass du zu Hause am PC sitzt, um Datensätze von Autoren zu retten, damit sie es bei einem anderen Verlag versuchen können, meinte sie nur: ›Typisch, Herr Förster!‹«

Matroschka-Tag

Die Aktentasche auf seinem Schoß war so gut wie ladenneu. Rustikales Rindsleder. Lange schon hatte Viktor Gross sich eine solche Tasche gewünscht. Die Tasche hatte seine Frau ausgesucht, das wusste er, und seine Kinder hatten sich in den Preis geteilt. Alles Gute, lieber Vati! Sie hatten der Mutter das verauslagte Geld überwiesen, akkurat, auf den Euro genau. Petra, Bernhard und Frank. Der nicht unerhebliche Preis des guten Stücks war ihm so nicht verborgen geblieben. Seit Anbeginn ihrer Ehe hatten Regina und er ein gemeinsames Konto. Das kannte er nicht anders. Die Feier hatten sie auf das Ende des Winters verschoben. Keines seiner Kinder konnte wegen einer Geburtstagstafel Hunderte Kilometer Distanz überwinden. Das vermochten nur die mit Lichtgeschwindigkeit agierenden Funktelefone. Hauptsache Gesundheit. Fahrt mal weg oder mach' dir mit Mutter einen schönen Tag. Kein Glückwunsch barg eine Einladung in sich. So wie die Matroschkas, diese Holzpuppentrojaner, die aufgereiht in der Schrankwand standen und ihn an sein Studium in Moskau erinnerten und früher die Kinder zu begeistern wussten. Die Glückwünsche waren leer. Hohle Matroschkas.

Gross behielt die Tasche auf dem Schoß, presste sie an sich, obwohl der Sitz neben ihm frei war, wie überhaupt die Straßenbahn um diese Zeit, es war früher Mittag, kaum Fahrgäste zählte. Er wusste genau, was sich in der Aktentasche befand. Es war nicht viel. Sein Frühstück, das er nicht angerührt hatte, die Mappe mit seinen Papieren und sein Tischkalender mit einem Wochenkalendarium, in den seine Frau Regina jedes Jahr vorsorglich die Geburtstage der Enkel und der Partner seiner Kinder vermerkte. An Reginas Geburtstag, an den seiner Kinder wie auch an den Hochzeitstag musste ihn niemand erinnern. Diese Daten hätte er aus dem FF herbeten können. Auch die Geburtstage der Enkel und die der inzwischen zur Familie zählenden Partner konnte er sich merken. Doch ließ er Regina alle Jahre die Termine eintragen. Er mochte ihre Handschrift, mit der sie dem Kalender etwas Unverwechselbares gab. Viktor Gross besaß ein ausgezeichnetes Zahlengedächtnis und hat es nie nötig gehabt, den elektronischen Organizer, der ihm wie allen Kollegen zur Verfügung stand, mit den E-Mail-Adressen oder Telefonnummern der Dienststellen zu füttern, mit denen er während der Bürozeiten Kontakt aufzunehmen hatte.

Den Blumenstrauß hatte er in der Firma gelassen. Er hatte nach nichts gerochen. Doch war ihm das nicht anzusehen gewesen. Der Strauß war prachtvoll gebunden und zusammengestellt wie das Bukett eines Gewinners. Offenbar gehörten die Blumen zum Sozialplan, schmückten ihn aus. Er hatte den Strauß zum Abschied Frau Degenhardt gegeben, der Abteilungssekretärin. Sie hatte ihn dafür umarmt. Es hilft ja alles nichts. Wer weiß, wie lange wir noch unseren Arbeitsplatz haben werden?

Auf dem Bildschirm in der Bahn wurden aktuell die Frankfurter Börsennotierungen des Tages bekannt gegeben. Überall dort, wo die Unternehmen den Abbau von Personal angekündigt oder vollzogen hatten, gingen die Kurse in die Höhe, so als hätten die Unternehmen hinderlichen Ballast abgeworfen.

Was wäre, und Gross strich über die blitzenden Verschlüsse der Tasche, wenn sie die Beute eines Banküberfalls oder eines Lottogewinns beherbergen würde? Der Tag hielt noch viele Stunden bereit, die völlig unbeschrieben waren wie per dato die Felder auf seinem Kalender.

Regina würde erschrecken und denken, dass er krank sei, wenn er jetzt in dem Reisebüro, in dem sie sich stundenweise um die Buchhaltung kümmerte, auftauchen würde. Er könnte eine Reise buchen, in den Süden, auf der Stelle. Mit ihr, sie würden Rabatt bekommen. Oder ohne sie? Was für ein Gedanke! Keiner, der zu ihm passen wollte.

Als die Straßenbahn am Park hielt, sah er von Weitem eine Gruppe Männer, die im Licht der halbhohen Sonne standen und Boule spielte. Das Spiel stammte aus Frankreich, das wusste er. Irgendwer hatte ihm mal erzählt, den Zeitvertreib hätten Napoleons Kanoniere erfunden. Aus

Langeweile, wenn die Kugeln nicht dem Feind galten. Die Mehrzahl der Männer schien in seinem Alter zu sein. Vielleicht waren es Freigesetzte wie er. Männer, die nicht wussten, wohin mit ihren Händen.

Gross dachte an die kleinste Matroschka, diese blieb, wie sie war, fest und ohne Öffnung und enttäuschte niemanden. Er griff nach der Haltestange und ihm war, als spürte er den geschliffenen Lack der Matroschenka unter seinen Fingern. Rasch stieg er an der nächsten Haltestelle aus und lief den Weg zurück. Für ihn war das kein Rückwärtsgehen. Er klemmte sich die Tasche unter den Arm und ging erst zögernd, dann festen Schrittes geradeaus.

Schluckauf

Da ist es wieder, dieses widerliche Aufstoßen. Ein Aufstoßen, wie es den Mündern Betrunkener entweicht. Karl Mansfield dreht sich um. In der vorletzten Sitzreihe gestikuliert ein stark alkoholisierter Mann mit rudernden Armen und schiebt seinen Kopf wie ein Vogel einer blondierten Frau entgegen, die mit erhobenem Schirm versucht, den zudringlichen Mann abzuwehren. Mansfield sieht, wie die Fahrgäste im hinteren Teil des Wagens gleichgültig vor sich hinblicken und niemand den betrunkenen Mann zurechtweist.

Obwohl es fast unmöglich ist, den Atem des Mannes auf diese Distanz zu spüren, überkommt Mansfield Ekel und er hält sich die Hand vor die Nase. Seit beinahe 20 Jahren trinkt er nicht mehr. Weder im Knast hat er Essensrationen, Zigaretten oder Kugelschreiberminen gegen Flachmänner oder das neuerdings in Metalldosen abgefüllte Bier eingetauscht, noch hat er seit seiner Entlassung ein alkoholisches Getränk zu sich genommen. Freilich mochte er das zischende Geräusch, das beim Öffnen der Dosen zu hören war. Es hatte etwas Befreiendes. Aber dem Gesöff selbst hatte er abgeschworen. Totschlag, gemeinschaftlicher Mord, Gewaltexzess unter Alkohol, Aktion im Kontext von Gruppendynamik – das waren die Eckpunkte von Anklage und Verteidigung. Karl Mansfield konnte sich bei den Vernehmungen an die Tat nur ungenau erinnern. Da waren nur noch Schemen und Geräusche. Mit Freddy und Bernd hatte er den wehleidigen Werner zum Schweigen gebracht. Alle waren sie am Ende damals und hofften Tag um Tag auf einen Neuanfang. Sie, die Abenteurer, die sich kurzerhand in der Mittagspause ihrer öligen Arbeitsklamotten entledigt und dem maroden Betrieb auf Nimmerwiedersehen den Rücken gekehrt hatten, um abends – mit nicht viel mehr als ein paar Stücken Handgepäck – gemeinsam in einen der Interzonenzüge zu steigen. Das Lager, in dem sie anderntags nach dem Ausfüllen etlicher Formulare und einer, einem Verhör nicht unähnlichen, Befragung, Aufnahme fanden, war überbelegt. Großfamilien wurden in Vereinsheimen und Turnhallen der Umgebung einquartiert.

Täglich kamen neue Übersiedler, die früher Flüchtlinge und nunmehr nichts weiter als Reisende waren, hinzu. Niemand musste mehr seine Haut riskieren, um in den ersehnten Westen Deutschlands zu gelangen. Es gab keine Haft mehr und keine Sippenhaft. Der Tatbestand der Republikflucht hatte sich mit Öffnung der Grenzen verflüchtigt wie Zigtausende DDR-Bürger. Arbeitslosengeld gab es für die aus dem Osten gekommenen Arbeiter und Angestellten ab dem Tag der Ankunft. Das war, als gäbe es täglich Begrüßungsgeld. Man brauchte nur zu unterschreiben und dann das Geld in den nächsten Supermarkt zu tragen. Man bekam quasi sein Westpaket täglich. Die Regale waren voll. Voll, übervoll war auch das Aufnahmelager. Das Personal begann, den Insassen einfache Aufgaben wie die Organisation von Waschtagen und der Küchenbenutzung zu übertragen. Doch die Teeküchen wurden nicht kalt und die Töpfe oft ungewaschen weitergegeben. Vor den Duschkabinen und Gemeinschaftstoiletten bildeten sich Schlangen. Einzig die Bettstatt hatte man für sich. Hier hockten sie und sahen fern, kauerten auf dem Boden und tranken. Er, Bernd, Freddy und Werner teilten sich ein Zimmer, das kaum größer als eine Besenkammer war. Nach zwei, drei Schlucken musste Werner stets aufstoßen. Wieder und wieder. Das kannten sie und versteckten den Wein vor ihm. Aber in dem winzigen Zimmer ließ sich ein Versteck nicht lange geheim halten. Werner setzte die Flasche an. Kaum hatte er sie abgesetzt, stieß er auf. Er hielt sich die Hand vor den Mund, aber sein Aufstoßen ließ sich nicht unterdrücken. Werner hielt den Atem an, bis er rot anlief. Es half nichts. Der Schluckauf beherrschte ihn und beherrschte das Zimmer, das für die vier einer Wartezelle glich. Es klang, als würden aus einer Reihe von Flaschenhälsen nacheinander die Korken gezogen. Sie hockten zu dritt um einen Blumenhocker, den sie aus dem Foyer entwendet hatten, und spielten Karten und das schon Stunden.

Als sie Werners Aufstoßen nicht mehr aushielten, zischten sie ihn, der auf dem Bett saß, an, still zu sein, das Maul zu halten. Und nachdem das nichts half, hatte plötzlich einer ein Kissen in der Hand, ein anderer drückte es auf Werners Gesicht, zu zweit hielten sie Werners Arme fest, bis er sich nicht mehr bewegte. War es Bernd oder Freddy oder er, der zugedrückt hatte? Das vermochte er nach dieser Nacht nicht genau zu sagen. Werner jedenfalls gab keinen Laut mehr von sich, und sie soffen schließlich auch dessen Weinvorräte aus, die sie zwischen seinen Sachen gefunden hatten.

Die Haftstrafe hatte Mansfield fast vollständig abgesessen. Der Gedanke, einen Antrag auf vorzeitige Entlassung zu stellen, war ihm nicht gekommen. Zum Metallbau hatte er im Rahmen des Ausbildungsprogramms für Strafgefangene auch die Ausbildung eines Möbeltischlers absolviert. Nach einer Nacht im Hotel war er einen Tag nach seiner Entlassung sofort in den Osten zurückgekehrt. Bei einem Krauter in einer Hinterhofwerkstatt, der nicht viel gefragt hat, hatte er Arbeit gefunden. Seither restauriert er Möbel. Es sind meist Stücke, die jahrelang auf Abstellböden gestanden haben. Nicht selten sind die Dachböden, die heute für die beliebten Maisonette-Wohnungen entkernt werden, undicht gewesen. Meist haben Nässe und Hitze das Furnier der Möbel oder gar Teile des Korpus verdorben. Jeder Auftrag gestaltet sich anders. Die Auftraggeber wissen die Handarbeit zu schätzen und sich in Geduld zu üben. Mansfield hat sein Auskommen und Geld für eine Rücklage übrig. Die Frau des Meisters zahlt pünktlich. In der Nähe seiner Mutter, die nach dem Tod seines Vaters in eine kleinere Wohnung gezogen war, ist er dabei, sich an den Wochenenden selbst einen Dachboden auszubauen. Der Eigentümerin fehlen die Mittel, um den Ausbau bewerkstelligen zu lassen. Es ist der Boden eines Satteldachs, auf dem vorher Möbel standen, die er jetzt aufzuarbeiten hat. Mansfield besucht seine Mutter auf dem Heimweg von der Arbeit fast täglich. Eine Frau hat er mit Mitte 40 bisher nicht gefunden. Im Knast hatte er erlebt, dass Mithäftlinge, die Doppel- oder Mehrfachmörder waren, Offerten von Frauen bekamen. Ihn hat bisher jede zurückgewiesen, der er seine Vergangenheit offenbart hat. Die Frau eines feigen Mörders wollte keine von ihnen sein. Das sah er klar.

Als Mansfield auf den Betrunkenen zutritt, schnellt ihm dessen Vogelkopf entgegen. Der Mann stößt auf. Mansfield widert die Schnapsfahne an. Mit einem Griff zieht er den Mann vom Sitz. Dieser fährt zusammen und wird fast schwerelos. Sein Schluckauf verstummt. Ohne ein einziges Wort zu verlieren, schiebt Mansfield den Schwankenden vor sich her. Wie auf Befehl hält die Straßenbahn im selben Moment an und die Tür öffnet sich. Vorsichtig, damit der Mann nicht stürzt, bewegt Mansfield sich und den Betrunkenen nach draußen. Das Wartehäuschen ist leer. Mansfield setzt den Betrunkenen dort ab. Die blonde Frau, die ebenfalls ausgestiegen ist, sagt Danke und berührt ihn sacht am Arm. Er sieht ihr nach. An der Straßenkreuzung dreht sie sich um und winkt ihm zu.

Frau M.

Sie schob die Gardine ein wenig beiseite und schaute aus dem Fenster. Wenig hatte sich seit gestern verändert. Statt der blauen standen nun gelbe Abfalltonnen vor dem Grundstück gegenüber, in dessen dunkler Einfahrt mitunter Paare standen.

Am Anfang hatte sie sich manchmal erschrocken, wenn sie von der Spätschicht nach Hause kam, ihr Auto verließ und ungewollt an den Umarmungen anderer teilhaben sollte. Aber bald schon war sie froh, spätabends in der Siedlung hin und wieder auf Menschen zu treffen und ihr glucksendes Lachen in ihre unwirtliche Schlafstube mitzunehmen.

Der Hausmeisterdienst musste früh gekommen sein, sie hatte ihn nicht gehört. Sie hörte überhaupt kaum mehr etwas. Das Radio hatte sie schon seit Tagen nicht angerührt, und des Fernsehprogramms war sie schon nach kurzer Zeit überdrüssig geworden. Am Vormittag Ärzte- und Hotelserien. Am Nachmittag Talkshows, Intimshows,

Gerichtssendungen. Auch das Telefon schwieg, was kein Wunder war, sie hatte den Stecker vor zwei Tagen aus der Dose gezogen.

Sie überlegte, ob sie sich einen Kaffee aufbrühen sollte, aber ihr fehlte der Antrieb. Ihr Auto parkte noch immer direkt am Fahrbahnrand, und sie wusste, dass es damit den Anliegerverkehr auf der schmalen Siedlungsstraße behinderte. Der Kollege, der sie im Auftrag des Dispatchers nach Hause gefahren hatte, hatte es dort abgestellt. Sie sah, dass die Motorhaube deutlich über die Grundstücksgrenze hinausragte, doch konnte sie sich nicht aufraffen, den Wagen ein Stück zurück und, wie hier allgemein üblich, mit der halben Achse auf den Gehweg zu setzen. Sie wusste, dass sie einer der Nachbarn gewiss daraufhin ansprechen würde, sobald sie sich am Gartenzaun sehen ließ. Schnell schob sie die Gardine zurück.

»Bleib erst einmal ein paar Tage zu Hause und gewinne Abstand. Wenn du psychologische Betreuung brauchst, sag ein Wort und du bekommst die beste Therapie, die wir uns leisten können.« Die Worte des Schichtleiters klangen in ihrem Kopf, als wären sie jetzt und nicht bereits vor zwei Tagen ausgesprochen worden.

Warum mir? Warum ausgerechnet mir?, fragte sie sich. Es war die Frage, die sie sich seit mehr als 48 Stunden gestellt hatte. Mit ihren Knöcheln, die unter dem Druck weiß wurden, umkreiste sie ihre Schläfen, bis es schmerzte. Immer wieder hämmerte sie sich förmlich die Frage ein:

Warum mir, warum ich? Eine andere Linie, ein anderer Tag. Eine Bahn später, eine Bahn früher. Und es wäre für sie eine Nachricht geblieben. Eine schreckliche, sicher. Eine, die einem in der Kantine die Pause und die Mahlzeit verdirbt und die sich wie ein Handybild immer wieder einstellt, sobald man nur daran denken muss. Die Klingel gellt, aber sie bringt die Bahn nicht zum Stehen. Der eigene Körper blockiert, stemmt sich gegen das Chassis. Doch vergebens, der Körper kann nichts ausrichten. Auch wenn er wie ein einziger Muskel erscheint, der sich mit aller Kraft der Geschwindigkeit entgegenstellt. Die Bahn verliert nur langsam an Schwung. Es gibt kein Links, es gibt kein Rechts, es gibt nur ein Geradeaus, ein Vorwärts. Die eilig betätigte Bremse kreischt, als wüsste sie, dass das Hindernis ein Mensch ist, der sich der Bahn in den Weg gestellt hat, um aus dem Leben befördert zu werden. Bis in die Fingerspitzen ist der Zusammenstoß zu spüren. Ein taubes Gefühl, das auch dann nicht abnimmt, wenn der Wagenzug endlich zum Stehen gekommen ist. Stehen bleibt in dem Moment auch das Herz derer, die den Schienenzug steuern und die Kollision nicht zu verhindern vermögen.

Ach, wäre ich doch eine Zeit lang gelähmt geblieben, dachte Frau M., als sie sich auf ihre Couch fallen ließ. Wie eine Wachsfigur, unberührbar.

Doch das Betätigen des Notrufes setzte all die mechanischen Abläufe in Gang. Zentrale. Notarzt. Polizei. Standort. Zeit. Geschehen. Die Waggontüren mussten geöffnet und die Fahrgäste, Wagen für Wagen, zum Aussteigen bewegt werden. Alles und nichts sagen. Es hieß, die Schaulustigen abdrängen, bis der Bereich abgesperrt war und man sich auf der Sitzbank eines Einsatzwagens wiederfand. Und mit einem Mal schien alle Selbstdisziplin verloren. Der Mund sprach, ohne dass das Hirn die Sätze formte. Die eigenen Fragen blieben auf der Strecke. Immer wieder wurde nach den Umständen des Zusammenpralls gefragt. Die Sirene des Krankenwagens war längst verhallt. Oder war sie noch gar nicht zu hören gewesen? Wer ist es, der seinem Leben ein Ende setzen wollte? Ist es ihm oder ihr gelungen? Oder ist er oder sie noch zu retten? Ist das lange Auto ein Leichenwagen? Oder ist die Gerichtsmedizin vor Ort? Wer fragt mich? Was fragt man mich? Wer fragt nach mir?

Die Tote ist ein Mädchen. War ein Mädchen. 15 Jahre alt. Einzelheiten dazu las Frau M., seit fast 20 Jahren von Beruf Straßenbahnfahrerin, am nächsten Tag in der Zeitung. Das Mädchen mit Namen Melanie ist seit September immer diese Strecke gefahren. Jeden Nachmittag von der Schule nach Hause. Neun Stationen, berichtete die Zeitung. Am Morgen kam sie aus der Gegenrichtung.

Gewiss habe ich sie schon im Rückspiegel gesehen. Beim Aus- oder Zusteigen. Nach Unterrichtsschluss steigt immer eine ganze Traube junger Leute ein. Natürlich machen sie Lärm. Unterhalten sich laut. Lümmeln auf den Sitzen oder versperren mit ihren Rucksäcken den Gang. Melanie muss dazugehört haben. War eine von ihnen.

Doch war sie das wirklich? Hat sie wirklich dazugehört? Nein, sie hat nicht dazugehört. Ganz und gar nicht. Aus ihrem Tagebuch wusste man, dass sie schon nach dem zweiten Tag nicht mehr zusammen mit den anderen einstieg. Sie fuhr im letzten Wagen mit oder wartete auf die nächste Bahn. Niemand war an ihrer Seite. Kein Mitschüler. Keine Mitschülerin.

In der Zeitung stand, dass eine kleine Gruppe sie von Anfang an bedrängt hat. Ab dem ersten Tag an der neuen Schule. Jeden Tag quälte die 15-Jährige eine andere Forderung. Sie gab ihr Handy her, schließlich den MP3-Player, der eigentlich ihrem Vater gehörte, ihr Taschengeld, ihr Erspartes, nahm von zu Hause mit, was ihr wertvoll erschien. Die schwere Lupe ihres Vaters, die Flakons ihrer Mutter, die Computerspiele ihres Bruders. Es half nichts. Je mehr sie auf die Forderungen der Gang einging, desto größer wurden sie.

Das Mädchen hatte, als man seinen Leichnam untersuchte, das Portemonnaie seiner Mutter bei sich. Es war leer.

Es ist noch nicht lange her, da hatte ein größeres Mädchen ein schwächeres im Griff. Es war eine Rangelei an der Haltestelle. Die beiden waren von anderen Schülern umringt. Frau M. stand das Bild wieder vor Augen. Das Gesicht des hageren Mädchens war ziegelrot. Das Mädchen rang nach Luft. Es steckte im Schwitzkasten des größeren Mädchens, das einer Walküre glich.

Wie sich Frau M. erinnerte, hatte sie die Türen des Wagenzuges länger offen gehalten als üblich und ein zweites Mal abgeklingelt. Aber der ungleiche Kampf hatte sich auf diese Weise nicht beenden lassen.

Ich habe weggesehen, das heißt, ich habe nach vorn gesehen und meinen Fahrplan eingehalten. Was hat es genützt?

Frau M. war von der Couch aufgestanden und zur Anrichte getreten. Den Fahrplan, sagte sie, ohne ihren Mund zu bewegen, zwei Tage später gab es ihn nicht mehr, für diese Tour, für diese Stunde. Sie bückte sich nach dem Telefonbuch, das sie erst unlängst von der Netto-Filiale mitgenommen hatte, schlug es auf und blätterte darin. Mit dem Zeigefinger suchte sie nach Melanies Familiennamen. Sie wusste nicht, ob sie ihn gefunden hatte und zögerte einen Moment. Dann verband sie das Telefon wieder mit der Anschlussdose und wählte. Das Rufzeichen war kurzatmig wie ihr Herzschlag.

Das Date

Das Lenkrad war ungewohnt klein und ließ Ansgar Sahlmann an einen Autoscooter denken. Einige Male hatte er das Einsteigen in das tiefergelegte Automobil probiert und vermochte es jetzt, ohne mit dem Kopf an der Karosserie anzustoßen. Beim Aussteigen lernte er schnell, sich nicht zu früh aufzurichten.

Schon während der Fahrt vom Hof des Autovermieters hatte er versucht, die für ihn richtige Sitzposition zu finden, und dabei den Rück- wie auch die Seitenspiegel mehrmals neu eingestellt, doch war er mit dem Ergebnis noch immer nicht zufrieden. Zweimal hatte er den Motor gestartet, obwohl er sich schon im Leerlauf befand. So leise lief er, wenn er nicht belastet wurde.

Vorsichtig touchierte er das Gaspedal. Die PS-starke Maschine ließ den Wagen erzittern. Ansgar Sahlmann beobachtete die Nadel auf dem Drehzahlmesser, die er mit seiner Fußspitze leicht ausschlagen ließ. Schließlich trat er das Pedal kräftiger herunter. Jetzt empfand er sich als Herr über den Ton und betätigte das Pedal nochmals und nochmals. Schließlich nahm er das Gas zurück, legte den ersten Gang ein und fuhr mit einem leichten Ruckeln an. Das muss besser werden, geschmeidiger, sagte er sich. Stoppte, kuppelte aus, atmete durch und trieb erneut den Wagen an. Schon besser!, lobte er sich und das Fahrzeug.

Die Straße war frei. Ansgar Sahlmann beugte sich nach vorn und blickte durch die leicht getönte Windschutzscheibe zum Himmel. Die Sonne strahlte. Was für ein Ausflugswetter im Oktober. Vielleicht hätte ich mich doch für ein Cabriolet entscheiden sollen, war sich Ansgar Sahlmann plötzlich unschlüssig. Aber dazu wusste er zu wenig von ihr. Womöglich war sie anfällig für Zugluft oder bei ihrem ersten Treffen für einen offenen Wagen zu leicht gekleidet.

Ansgar Sahlmann übte noch einmal das sanfte Anfahren und begab sich dann in die Spur. Er umrundete das Karree. Es war eine verkehrsberuhigte Zone, sodass er bei den gleichberechtigten Straßen an jeder Kreuzung das Tempo drosseln musste. An einer Kreuzung schob er den Ärmel seines Jacketts nach oben und schaute auf die Uhr. Erst später fiel ihm auf, dass in das lederbezogene Chassis des Wagens auch ein Chronometer eingelassen war.

Er wollte pünktlich sein, aber nicht zu früh erscheinen. Auch wollte er nach Möglichkeit einen Parkplatz in der Nähe ihres Hauses finden und steuerte eine Parklücke an, doch als er näher herankam, sah er, dass den Parkplatz ein kleiner Opel besetzt hielt, der weit vorn abgestellt worden war. Ansgar Sahlmann fluchte und fuhr noch eine Runde im Geviert. Danach hatte er Glück und postierte den Wagen auf der Straßenseite gegenüber. Hier gab es eine Parklücke, die auch Raum für die Türen des Coupés ließ.

Ehe er auf die Namensklingel drückte, blickte er sich um und überlegte, ob er das Fahrzeug umparken sollte; die Front nach vorn, denn die Kofferraumpartie mit ihren etwas zu klein ausgefallenen Rückleuchten machte keinen außergewöhnlichen Eindruck. Dann aber hielt er es für albern und befürchtete, sie könne vom Fenster ihrer Wohnung aus sein Manöver sehen. Außerdem würde es im Laufe des Nachmittags und Abends sicherlich genug Gelegenheiten geben, ihr die ansehnliche Seite des Wagens darzubieten. Allerdings, das hatte ihm die Verleihfirma eingeschärft, dürfe aus versicherungsrechtlichen Gründen nur er als Leiher das Fahrzeug führen. Sollte sie den Wunsch äußern, sich für eine Strecke ans Steuer setzen zu wollen, würde er sie einfach vertrösten und von einer technischen Störung sprechen, die erst vollständig behoben werden müsse. Auf diese Weise hätte er auch gleich eine Erklärung für den Fall, dass er beim Anfahren oder Schalten patzte.

»Einen Moment noch, ich komme gleich«, klang es aus der Wechselsprechanlage und nur wenige Minuten später trat sie aus der Tür.

Sie trug Kopftuch und Sonnenbrille und man hätte sie

für eine Schwester von *Audrey Hepburn* halten können. Ansgar Sahlmann war von ihrer Erscheinung entzückt, obwohl sie mehr verbarg, als sie offenbarte. Er nahm ihre Hand, die sie ihm bereitwillig überließ, und hielt sie fest, wie ein Geschenk. Ganz Kavalier, geleitete er sie über die Straße zum Wagen. Die Fernbedienung am Autoschlüssel ließ ein Klacken vernehmen. Ansgar Sahlmann öffnete die Beifahrertür und bat sie mit einem »Bitte schön« einzusteigen.

Die Enttäuschung war ihr durch die dunklen Gläser anzusehen. »Ach so, kein offener Wagen, wie schade«, äußerte sie, als sie saß und sich Ansgar Sahlmann gerade gekonnt auf dem Fahrersitz niedergelassen hatte. Sollte er sagen, das nächste Mal könne sie wählen, als verfüge er über einen Wagenpark, oder zugeben, dass das Auto nur geliehen ist.

Beide schwiegen. Eigentlich schwiegen sie zu dritt. Denn ohne jedes Geräusch zu verursachen, fand sich das Fahrzeug beim Starten damit ab, dass es nur von einem der beiden Insassen gewürdigt wurde. Doch plötzlich piepte es laut und in immer kürzeren Intervallen. Das kam von den Sensoren am Heck, die auf ein Hindernis reagierten. Direkt hinter dem Sportwagen stand ein kleiner heller PKW und reckte diesem sein Hinterteil entgegen, auf dessen Scheibe die Telefonnummer und der Namenszug eines mobilen Pflegedienstes standen.

Sekunden später klopften helle Handknöchel an das Fenster der Fahrertür. Ansgar Sahlmann sah nur den buntbeblusten Rumpf, der zu einer Frau gehörte, und fuhr die Scheibe herunter.

»Tolle Karre, mein lieber Mann«, posaunte eine ihm bekannte Stimme. »Ich habe dich schon vor einer Viertelstunde hier rumkurven sehen.«

Ansgar Sahlmann öffnete die Fahrertür und sah nach oben in das Gesicht seiner Exfrau. »Was machst denn du hier?«, entfuhr es ihm.

»Ich habe hier eine Patientin. Die bekommt eine neue Medikation, da muss ich mehrmals täglich nach ihr sehen. Und du? Haste das große Los gezogen? Da kannste ja endlich mal mit dem Unterhalt rumkommen. Ich habe das Gefühl, deine Tochter wächst täglich von einer Kleidergröße in die nächste.«

Rasch stieg Ansgar Sahlmann aus und schloss die Fahrertür. Dann aber sah er, dass er die Scheibe nicht wieder hochgefahren hatte, und flüsterte: »Mensch, Evi, nicht so laut. Der Wagen ist von einem Freund. Für eine Spritztour. Beim nächsten Mal können wir ja mal zusammen eine Ausfahrt machen, du und ich und Nancy. Du weißt doch, dass ich mir eigentlich ein solches Gefährt nicht leisten kann.«

»Verstehe, willst Eindruck schinden mit der Protzkarre. Aber wenn du dir so viel aus Autos machst, dann übe mal mit deiner Tochter Physik. Hier steht sie auf Fünf. Ich kann ihr da kaum helfen. Weiß ja gerad so, dass der Ottomotor nicht aus 'm Otto-Katalog ist.«

»Ja, mach ich, ich melde mich«, beteuerte Ansgar Sahlmann schnell. »Tu mir den Gefallen und fahr deine kleine Schüssel weg.«

Vorsichtig begab er sich auf den Fahrersitz zurück und saß im leeren Wagen.

Weiße Weihnacht

Es hatte ihn keine große Überzeugungskraft gekostet, dem Studenten das Weihnachtsmannkostüm abzunehmen und ihn anschließend in das »Café Begegnung« zu geleiten, damit er dort auf dessen Rückkehr warten sollte. Das Café, an allen anderen Tagen des Jahres sonst ein von Witfrauen frequentierter Altenclub, war eigens für Heiligabend festlich dekoriert und illuminiert worden und stand an diesem Abend Menschen offen, mit denen niemand sonst Weihnachtslieder singen oder für sie Gaben bereithalten würde. Auf den Tischen standen einzelne Gedecke und auf Kuchentellern in Scheiben geschnittener Weihnachtsstollen, umkränzt von duftenden Lebkuchenplätzchen. So viele Stühle, wie jeweils um die Tische standen, so viele bunte Pappteller standen auf ihnen, randvoll mit Nüssen, Mandarinen, Äpfeln und Orangen gefüllt. Unter der prächtigen, frisch geschlagenen Weihnachtstanne in der Mitte des Raumes, die ein silbernes Kleid aus Lametta und mundgeblasenen Kugeln trug, fand sich wie alle Jahre ein mittleres Gebirge aus sorgsam in Glanzpapier eingewickelten Präsenten, die die Firmen und Händler der Umgebung aus ihrem Sortiment gestiftet hatten. Wenn auch insgesamt die wirtschaftliche Lage nicht rosig war, gab es doch jedes Jahr zu Weihnachten niemanden, der das Ersuchen um Spenden abschlägig beschieden hätte. Die Kerzen auf allen Tischen waren schon angezündet und verströmten eine Atmosphäre aus Licht und Wärme, obwohl um die Vorabendstunde das »Café Begegnung« noch mehr Personal als Gäste zählte. Weihnachtskappen tragende Frauen hießen jeden willkommen und schenkten munter Kaffee aus und boten Gebäck und Dresdner Stollen an. Gedämpft erklang über die Lautsprecheranlage ein Potpourri aus Weihnachtsliedern. Der Student saß allein an einem der gedeckten Tische und rührte in der Kaffeetasse. Verstohlen lugte er in den Umschlag, den er bei der Begrüßung von Oliver Wehner erhalten hatte. Im selben Moment öffnete sich die Tür der Herrentoilette und Wehner trat an den Tisch. Sein Gesicht glänzte rot, er trug die Weihnachtsmannkluft, die dem Studenten gehörte und die ihm um die Schultern etwas spannte.

Den Rollenwechsel hatten sie wenige Tage zuvor verabredet, als Wehner eines Abends im Studentenwohnheim aufgetaucht war und sein Ansinnen in barer Münze auszudrücken wusste. Gewiss war sich der Student des Risikos bewusst, das er einging, wenn er nicht selbst gegenüber seinem Auftraggeber die Rolle des Weihnachtsmannes spielen würde. Andererseits kam es immer wieder vor, dass Studenten untereinander die Jobs tauschten, weil der eine dann doch plötzlich Weihnachten zu Hause bei seinen Eltern feiern wollte oder ein anderer Schnupfen bekommen hatte oder kalte Füße. Wichtig waren die Maskerade und dass man die minimalen Standards einhielt. Ein wenig schauspielerische Begabung gehörte dazu, gegenüber den ganz Kleinen den freundlichen Alten zu mimen, oder, wo es von Nöten war, dergestalt mit der Rute zu drohen, dass die Drohgebärde zwar in Szene gesetzt wurde, aber in der Andeutung stecken blieb. Wer hier übertrieb, das Kind zu Tränen und die Mutter in Rage brachte, konnte seinen Job schneller loswerden, als ihm lieb war, und sich selbst um das Trinkgeld bringen.

Oliver Wehner wusste um die Gepflogenheit seiner Frau, ihrem gemeinsamen Spross alljährlich den Auftritt eines polternden, raubeinigen, Geschenke beladenen Weihnachtsmannes nicht vorzuenthalten. Damit hatte sie bereits im zweiten Geburtsjahr des Kindes begonnen. Wehners Frau hatte sich mit ihrem Mann darüber nicht abgestimmt, sondern selbst die Initiative ergriffen. Oliver Wehner war überrascht worden, ebenso wie sein Junge, als der drapierte Alte vom Studentenwerk plötzlich mit der Faust an die Tür wummerte und seine Frau entzückt ausrief: »Das ist er, das ist der Weihnachtsmann!« Wehners Nachwuchs hatte in seinem Laufstall von all dem wenig mitbekommen und erst ein Jahr später seinen Vater mit großen Augen angesehen, als dieser unter dem Dirigat des wattebärtigen Mannes »Oh, du fröhliche« anstimmte und seine Mutter in den Gesang einfiel.

Das war jetzt zwei Jahre her. Zu Weihnachten im vorigen Jahr herrschte Funkstille zwischen Wehner und seiner nunmehr von ihm getrennt lebenden Frau. Im Sommerurlaub davor hatte sie ihm kurzerhand eröffnet, dass sie fortan mit einer Kollegin zusammenleben wolle, sie quasi während der Mittagspausen für sich entdeckt habe, dass sie für ihr weiteres Leben eine gleichgeschlechtliche Partnerschaft leben möchte und diese einer ungleichgeschlechtlichen vorziehe. Dabei hatte sie, was Oliver Wehner unvergessen geblieben ist, das Wort ungleichgeschlechtlich auf den ersten beiden Silben derart schrill betont, als würde sich dahinter alles Übel dieser Welt verbergen.

Die Trennung praktizierte Wehners Nochfrau ohne Umschweife. Sie besorgte ihrem Mann eine Zweizimmerwohnung in einem anderen, etwas abgelegenen, gut zehn Kilometer Luftlinie entfernten Stadtteil. Malerte und möblierte sie gemeinsam mit ihrer neuen Lebenspartnerin. Die Einrichtung zeigte sich durchaus geschmackvoll. Vorhänge, Möbelstoff, Teppichboden waren farblich aufeinander abgestimmt. Im Bad stand eine ladenneue Waschmaschine, auf deren Deckel eine folierte Anleitung klebte. Wehner wusste nun, welche Wäsche welcher Temperatur und welchem Schleudergang zuneigte. In den Küchenschränken fand er alles Erdenkliche. Auch Tütensuppen und Fertiggerichte. Von den Gläsern, Tassen, Bechern, Tellern und Besteck gab es stets sechs Stück. Anfangs hatte er noch sein Gedeck nach jeder Mahlzeit unter dem Wasserhahn heiß abgewaschen, da er mit der Geschirrspülmaschine lange

Zeit nicht umzugehen wusste. Inzwischen war er auch dahintergekommen und benutzte die Maschine regelmäßig jeden Samstag. Seine Frau hatte an alles gedacht und selbst den neuen Fernsehapparat so programmiert, dass sich auf Knopfdruck immer zuerst sein Lieblingssender Eurosport einstellte. Dann folgten alle dritten Programme, die Wehner allabendlich mit ziemlicher Treffsicherheit auf der Suche nach alten Schwarz-Weiß-Filmen durchzappte. Schnell hatte er sich an sein neues Leben gewöhnt, im zunehmenden Maße sogar Freude daran gefunden, sein Zuhause so vorzufinden, wie er es verlassen hatte. Kein Buch war weggeräumt, keine aufgeschlagene Zeitung auf Nimmerwiedersehen verschwunden. Das Auto hatte er behalten dürfen und damit an jedem zweiten Sonntag des Monats mit seinem Sohn Ausflüge unternommen. Das Modell des Autos war nicht mehr das neueste, sodass ihm seine von ihm getrennt lebende Frau eines Sonntags, als im Oktober früher Raureif die Straßen überzog, untersagte, ihren Sohn mit solch einem Vehikel zu transportieren. Drei, vier Mal hatte sich Wehner daraufhin zu helfen gewusst und sich den noblen und mit sechs Airbags versehenen Wagen eines Backgammon-Partners borgen können, dem er sein Leid geklagt hatte, seit er wöchentlich zweimal seine Abende in einem Club beim Backgammon-Spiel verbrachte. Wiederholt war Wehner auch in einem Mietwagen bei seiner einstigen Frau, deren Frau und seinem Sohn vorgefahren, bis er einmal kurz vor der Rückgabe beim Einparken einen Crash verursacht hatte. Bei dieser Gelegenheit offenbarte sich ihm das Kleingedruckte des Vertrages, das ihn verpflichtete, sich mit einer Summe an der Regulierung des Schadens zu beteiligen, die weit über seinen Ersparnissen lag. Als es dann Winter wurde und er längst auf die Benutzung öffentlicher Nahverkehrsmittel umgestiegen war, versagte ihm seine Frau die Ausflüge mit dem gemeinsamen Kind, da es diesem nicht zuzumuten sei, in Eiseskälte auf die bei Schneefall häufig ausfallende Straßenbahn zu warten. Sie gestattete Wehner am Anfang noch, an solchen Tagen mit dem Kind in dessen Kinderzimmer eine halbe oder eine ganze Stunde zu verbringen. Bis sie eines Tages auch das unterband, indem sie Wehner wissen ließ, dass es ihre Freundin nicht ertragen könne, einen Mann in der Wohnung zu wissen, der das selbe Badezimmer wie sie benütze. Wehner, der kein Sitzpinkler war, hatte sich nicht ausmalen können, dass seine Pissfontänen, die sich jedes Mal als sichtbarer Urinnebel auf der Sanitärkeramik niederschlugen, solche Folgen für ihn haben könnten. Beleidigt war er an dem Sonntag abgezogen und hatte über das Jugendamt und schließlich auf anwaltlichem Wege bislang vergeblich versucht, sein Umgangsrecht mit dem Kinde einzufordern.

Verhärtet hatte Oliver Wehners Frau, als Angestellte eines Notariats in Rechtsdingen nicht unbewandert, eine Begründung nach der anderen vorgeschoben, was zu unzähligen Schriftsätzen der Parteien, aber zu keiner raschen und schon gar nicht gütlichen Einigung führte. Oliver Wehner hatte seinen Sohn länger als ein Jahr nicht zu Gesicht bekommen. Noch ein Weihnachtsfest wollte er auf diese Weise nicht verstreichen lassen. Also verließ er geschwind das sich zusehends füllende »Café Begegnung« und winkte ein gerade vorbeifahrendes Taxi herbei.

Wehner hörte sich geduldig den Kommentar des Fahrers an, der meinte, dass er unheimliches Glück hätte, denn eigentlich gäbe es zu Weihnachten gar keine freien Taxis, da müsse man schon selbst Taxiunternehmer sein, um eines zu bekommen, und überhaupt sei er der Meinung, sagte der Fahrer, dass Weihnachten viel, viel öfter sein müsse, dann gäbe es auch mehr Umsatz, mehr Steuereinnahmen und mehr Arbeitsplätze. Immerhin wäre er schon der fünfte Weihnachtsmann, den er heute befördere.

Eine Straßenkreuzung vor seinem früheren Zuhause ließ Wehner den Fahrer halten, zahlte und ging den Rest des Weges zu Fuß. Die Straßen waren um diese Zeit leer. Schnell langte Wehner an seinem Ziel an, dem Haus, in welchem er vier Ehejahre verlebt hatte. In allen Küchenfenstern leuchteten die gleichen Schwibbögen. Ein Jahr nach der Wende, zur Adventszeit, hatte der neue Eigentümer des Hauses sich jedem einzelnen Mieter per Handschlag vorgestellt und jeder Mietpartei eine taiwanesische Kopie erzgebirgischer Schnitzkunst überreicht.

Wehner klopfte auf dem Metallabtreter vor der Eingangstür in alter Gewohnheit die Sohlen ab. Er erkannte die Schmiedearbeit sofort wieder. Erst jetzt bemerkte er, wie rasend sein Herz schlug. Er sah an sich herab. Die

Schuhe, die er trug, waren nicht sonderlich warm für diese Jahreszeit, aber sie stammten nicht aus der Zeit, als seine Frau noch mit ihm Schuhe kaufen ging. Für diese Schuhe hatte er sich beim jüngsten Sommerschlussverkauf selbst entschieden. In der Scheibe der Eingangstür betrachtete Wehner sein Äußeres. Die Weihnachtsmannlarve, die er beim Aussteigen aus dem Taxi am Hinterkopf und unter der Mütze befestigt hatte, verdeckte mit Ausnahme der Augen sein gesamtes Gesicht. Da er wusste, dass seine Frau einen Menschen streng nach seinen Händen beurteilte und ihn, Wehner, bestimmt an seinen Händen erkennen würde, war er froh, dass Handschuhe zum Kostüm gehörten, und stülpte sich diese so weit wie möglich über.

Einen Moment lang stand er unschlüssig vor der verschlossenen Haustür, räusperte sich mehrmals und sprach sich mit verstellter Stimme Mut zu, dann zögerte er wieder, doch schließlich betätigte er die Klingel. Drei Mal, wie verabredet.

»Sie sind spät dran, junger Mann«, hörte er seine Frau rufen, die auf dem Treppenpodest stand und ihm entgegenblickte. Oliver Wehner hatte Mühe, in seiner Maskerade nach oben zu schauen. Das Treppengeländer, an dem er sich festhielt, gab ihm einige Sicherheit. Dennoch wäre er am liebsten auf der Stelle umgekehrt. Ihn trennten nur wenige Stufen von dem Menschen, mit dem er ein Kind gezeugt hatte, das ein Frühchen war und um das er in dessen ersten Lebenswochen gemeinsam mit diesem Menschen gebangt hatte.

Von seiner ehemaligen Frau wurde Wehner förmlich in seine ehemalige Wohnung hineingeschoben. Eine Frauenhand, die sich von der Seite aus der Küche auf ihn im Korridor zubewegte, hielt ihm den Sack mit den Geschenken entgegen. Rasch schulterte Wehner den Leinensack und ging zögernd auf die halb offen stehende Wohnzimmertür zu.

Die beiden Frauen im Rücken, trat Wehner in das Zimmer. Flugs orientierte er sich in dem neu eingerichteten, von der Weihnachtsbaumbeleuchtung anheimelnd erhellten Raum. Auf der ganz in Orange getauchten Couch saß die Mutter seiner Frau, eine korpulente Person, die seit zwei Jahrzehnten Witwe war und wie alle Jahre eigens für diesen Abend ihr bestes Kleid angezogen hatte. Er wusste, sie würde sich nur mit Mühe von ihrem Platz erheben können, also winkte er ihr von der Tür aus zu. Sie hielt seinen Sohn auf dem Schoß, der keinerlei Anstalten machte, sein Eintreten zur Kenntnis zu nehmen.

Wehner griff in den Sack und zog ein eingewickeltes Päckchen hervor. Er überflog das Schild, auf dem der Name des Beschenkten in Schönschrift zu lesen war. Viola stand dort, für Viola. Wehners Frau hieß Barbara, lange Zeit hatte er sie Babsi genannt. Das war vorbei. Jetzt gab es Viola. Und Viola nannte Barbara Bara, und wenn sie nackt war, vielleicht bare Bara. Wehner wusste es nicht. Er hielt das Geschenk in den Händen, das nicht für seinen Sohn bestimmt war. Er dachte einen Moment daran, es an die Wand oder aus dem Fenster zu werfen, es fallen zu lassen und darauf herumzutrampeln. Eine unbändige Lust dazu überkam ihn.

»Raimund, sieh, der Weihnachtsmann ist da!«, hörte Wehner hinter seinem Rücken die Stimme Barbaras. Im selben Augenblick drehte sich sein Sohn zu ihm um, sah, was er sehen sollte, einen in die Farbe der Liebe gehüllten, alten gütigen Mann, der angetan war, aus seinem noch verschlossenen Füllhorn jeden Moment Spielsachen und Süßigkeiten hervorzuzaubern. Der Fünfjährige sprang vom Schoß seiner Großmutter, hielt erst einigen Abstand zu Wehner, ging dann auf ihn zu, stellte sich gerade hin und begann, ohne gefragt zu werden, artig den gelernten Spruch vom lieben guten Weihnachtsmann aufzusagen.

Wehner kamen die Tränen. Er konnte sie nicht abwischen unter der Larve.

Der Junge stockte und fragte: »Warum weinst du denn, Weihnachtsmann?«

Und aus Wehners Augen schoss das Wasser, das seinen Sohn benetzte, sodass dieser zurückschreckte. Wehner riss den Rucksack hoch, schüttete alle Gaben mitten im Zimmer aus. Ohne eine Bewegung stand der Junge vor den aufgetürmten Geschenken und sah Wehner aus erstaunten Augen an. Dieser wich dem Blick aus, raffte den leeren Sack an sich, verbarg sich dahinter und zwängte sich an den erstarrten Frauen vorbei.

Die Wohnungstür fiel hinter ihm ins Schloss. Wehner riss die Larve vom Gesicht, nahm mehrere Stufen gleichzeitig und verließ, ohne sich noch einmal umzublicken, das

Haus. Ihm war, als hätte er hinter seinem Rücken Schritte gehört, aber als er sich aus einiger Entfernung umdrehte, sah er niemanden.

Wehner lief und lief und bemerkte nicht, dass der zu einer weißen Weihnacht gehörende Schnee in prallen Flocken vom Himmel fiel.

Am Rand oder
Das Leben ist ein Roman

Es war März, und die Abende gaben sich nachtkühl. Wohltuend die Wärme, die aus den hohen, offenen Türen der Kaufhäuser in die Fußgängerzone drang.

Elisabeth Hagen nahm heute nicht den direkten Weg zum Marktplatz, um dort in der Station unter dem Markt die hier unterirdisch geführte S-Bahn zu besteigen. Vielmehr überquerte sie ihn in der Diagonale, auch wenn sie dabei einer scharfen Windbrise ausgesetzt war.

Es war der erste Mittwoch im Monat, und das Bildermuseum bot an diesem Tag bis 21 Uhr freien Eintritt. Bisher hatte sie dieses Angebot höchst selten wahrnehmen können, da das Kaufhaus, in dem sie in der Herrenabteilung angestellt war, bis 20 Uhr geöffnet hatte und sich das Ende der Arbeitszeit durch den Kassenabschluss und das Wegräumen anprobierter Kleidungsstücke und das Inspizieren der Umkleidekabinen in der Regel bis kurz vor 21 Uhr hinzog und dann kaum mehr Zeit blieb, um nach dem Wechsel der Kleidung die Farbe auf den Lippen nachzuziehen.

Dass die jetzige Kurzarbeit auch ihr Gutes hatte, vermochte Elisabeth Hagen an diesem Abend zu genießen. Seit Monaten war die bevorstehende Schließung des Kaufhauses, das sie bis dahin als das ihre bezeichnete, in aller Munde. Die Tageszeitungen und die Regionalsender von Radio und Fernsehen sandten immer wieder Reporter aus, über den Stand der Dinge zu berichten. In der Weihnachtszeit hatten alle Angestellten eine Menschenkette rings um das Kaufhaus gebildet, der sich selbst die Herrschaften aus der Leitungsetage angeschlossen hatten. Ja, selbst ein Teil der Kundschaft hat es sich nicht nehmen lassen, sich spontan einzureihen. Ein Protestschreiben mit der Unterschrift des Oberbürgermeisters machte die Runde und wurde im Eingangsbereich ausgehängt. Aber all das hatte die Vermieter der Immobilie, ein Bankenkonsortium, nicht dazu bewegen können, die vehemente Mieterhöhung zu mindern und die in deren Folge ausgesprochene Kündigung zurückzunehmen.

Inzwischen war der Räumungstag näher gerückt und die Belegschaft stark ausgedünnt worden. Stockwerk um Stockwerk wurde dem Ausverkauf anheimgegeben. Schließlich standen die Rolltreppen und Aufzüge still. Und das Sale, Sale, Sale der vergangenen Wochen mündete im zugigen Erdgeschoss zu einem mehrtägigen SUPER-Schlussverkauf.

Elisabeth Hagen hatte am Ende nicht mehr ausschließlich Herrenmode angeboten, sondern fand sich hinter Bergen von Parfümartikeln, Schreibwaren und Handtaschen wieder, bis auch diese weitgehend abverkauft waren. Gewiefte Kunden hatten längst das Prinzip der Geschäftsführung durchschaut und kamen schließlich kurz vor Ladenschluss in das Warenhaus, das den Namen längst nicht mehr verdiente, und statteten sich mit dem Überangebot aus, dessen Einzelpreise längst im Keller waren und nach 18 Uhr noch einmal gesenkt wurden, um Platz für weitere Chargen zu schaffen.

Eine nicht nachvollziehbare Scheu hatte Elisabeth Hagen daran gehindert, sich sozusagen selbst zu bedienen oder Verwandte zu ermuntern, an der Schnäppchenjagd teilzuhaben. Der Preisverfall hatte auch zu einem Verfall der Werte geführt. Wer wollte angesichts von Hunderten von Sonnenbrillen im Winter, Bergen von transparenten Blusen, Stapeln von Seidenkrawatten noch von Beratung sprechen. All ihre Kolleginnen und Kollegen, die, wie es firmenintern genannt wurde, zum letzten Aufgebot gehörten, hatten nach den Wochen des Abverkaufs die endgültige Schließung herbeigesehnt und inzwischen Gefallen daran gefunden, den in den Auslagen wühlenden Kunden nicht länger auf die Finger sehen zu müssen.

Vor dem Bildermuseum standen Menschen in der Schlange. Kaum einem war vom Äußerlichen her anzusehen, dass er auf den freien Eintritt angewiesen war. Auf den ersten

Blick waren alle gut gekleidet und standen mit geputzten Schuhen und Brillen vor dem Eingang. Wegesperren, die man aufgebaut hatte, ordneten den Zug der Wartenden.

Seit dem Museum, einem hohen verglasten Kubus, die architektonisch geschickt platzierten Eckbebauungen gefolgt waren, wirkte es beinahe wie eine Insel inmitten der Stadt und hatte inzwischen seine anfängliche monolithe Unnahbarkeit verloren.

Elisabeth Hagen freute sich auf den Ausstellungsbesuch, wenngleich sie nicht mit solch einer hohen Zahl an Wartenden gerechnet hatte. Schätzungsweise standen 30 oder 40 Menschen vor ihr. Wahrscheinlich ging es vielen wie ihr, die mit dem Namen der Künstlerin aus New York vor allem den Namen des einstigen Ehemanns verbanden. Elisabeth war zehn, als einer der Fab Four auf offener Straße erschossen wurde. Ihr Vater hatte ihr dessen Balladen vorgespielt. Und nach dem frühen Tod der Eltern hatte sie die Schallplattensammlung des Vaters übernommen und seither stets an jedem 8. Dezember *Stand By Me* aufgelegt. Jetzt gab es für sie, die aus Flugangst in keine Maschine steigen würde, die einmalige Chance, sozusagen stellvertretend, die künstlerischen Kompositionen der Frau des Beatles zu erleben. Allerdings kam die Schar der Wartenden nur langsam voran. Und im Foyer und vor den Garderoben setzte sich die Schlange fort.

Auf der Abbildung zur Ankündigung der Ausstellung waren einfach zusammengezimmerte Holzsärge zu sehen gewesen, aus denen zimmerlindenähnliche Zitrusbäume wuchsen. Einige wiesen Verkrüppelungen auf, wie man sie von Bonsaipflanzen kannte. Den Tod ihres Mannes wird die Konzeptkünstlerin, wie sie genannt wurde, bis heute nicht verwunden haben, erklärte sich Elisabeth Hagen diese Exposition. Doch trat sie inzwischen auf der Stelle, denn die Abendkühle hatte kein Erbarmen mit den Wartenden.

Es war Jahrzehnte her, dass Elisabeth Hagen inmitten von Menschen in der Kälte ausharrte. Sie war damals 19, als sie das erste Mal bei einer Montagsdemo dabei war, und hatte fortan ihren Dienst im Warenhaus *konsument* immer so gelegt, dass sie am Montag Vormittagsschicht hatte, was ihr nicht immer, aber mehrfach geglückt war, denn Kinderlose wie sie hatten den Familienfrauen und erst recht den alleinerziehenden Müttern in der Belegschaft bei der Arbeitszeitplanung den Vortritt einzuräumen. Aber da sich Elli, wie sie genannt wurde, oft für die Wochenendbereitschaft meldete, schaffte sie es fast immer, am Montag früher Schluss und mitunter gar frei zu haben.

Geduldig stand sie dann vor der Nikolaikirche und wartete mit Hunderten anderen auf den Abschluss des Friedensgebetes. Stets traf sie sich am Eingang von Specks Hof mit ihrem damaligen Verlobten und späteren Ehemann Heinrich Hagen. Er gehörte zu den Organisatoren der Friedensgebete, ganz im Hintergrund, wie er meinte, und kam meist als einer der letzten aus der Kirche. Elisabeth war Jugendweihling und nicht konfessionell gebunden und verband zwar keine Aversion gegenüber der Kirche, aber übte eine gewisse Zurückhaltung. Es wäre ihr nicht passend erschienen, ein Gotteshaus ohne einen bestimmten Anlass zu betreten, ein Chor- oder Orgelkonzert. Zu beiden hatte sie einmal eine Verwandte mitgenommen, als sie mit ihren Eltern in Mecklenburg im Urlaub war.

Ihr Verlobter Heinrich hatte noch im euphorischen Monat November 1989 davon gesprochen, dass bislang nur ein Pyrrhussieg errungen sei und der Demonstrationszug auf der Straße nicht das letzte Mittel sein könne. Erobert werden müssten die Rathäuser, Kreistage und die Volkskammer. Vor allem aber die Machtzentralen der Unterdrückung. Deshalb dürfe man nicht nachlassen. Und Elisabeth war weiterhin jeden Montag mit ihm von der Nikolaikirche aus über den Ring marschiert. In ihrer Freizeit nähte sie, obwohl sie, was die Damenmode anging, quasi an der Quelle saß und es natürlich Usus war, dass die Fachverkäuferinnen – gerade auch bei Lieferengpässen – einander bedienten. Auf seine Bitte hin hatte sie Transparente genäht mit Schlaufen für die Träger. Beschriftet hatten sie jeweils junge Leute aus der Gemeinde. Es hatte sie stolz gemacht, wenn sie an den Stoffen und Nähten ihre Arbeit erkannte. Und mit Freude erinnerte sie sich noch heute an einige der Losungen: EGON KRENZ, MACH DIR KEINEN LENZ! China, Wahl, Polizeieinsatz – vergessen wir nicht, FREIE WAHLEN OHNE FALSCHE ZAHLEN, Vorschlag für den 1. Mai / die Regierung zieht am Volk vorbei!

Dass eines der von ihr genähten Transparente seinen Platz im *Museum für deutsche Geschichte* gefunden hat, erfuhr sie später durch Zufall, als ihr beim Kauf von Konzertkarten ein Ausstellungsflyer des Museums in der Tourist-Information in die Hände gefallen war. Zu dieser Zeit lag auch schon ihre kurze, kinderlos gebliebene Ehe mit Heinrich Hagen einige Jahre zurück. Gleich Anfang 1990 hatte sie sich den Traum erfüllt und im Stadtzentrum eine Boutique eröffnet. Junge Mode, Unikate, Kleider, Blusen, Röcke – alles von ihr entworfen und hergestellt. Die Nachfrage war riesig, sie kam mit dem Nähen nicht nach. Verkauft wurde im Handumdrehen auch das, was die Schaufensterpuppen als Muster trugen. Zu den Jugendweihlingen aus der Bekanntschaft kamen Konfirmandinnen aus der Nikolaigemeinde. Alle wollten sie ein unverwechselbares Kleid und kamen nicht selten mit festen Vorstellungen und Abbildungen aus Modejournalen. Mutter und Großmutter, von denen Elisabeth das Schneidern gelernt hatte, sprangen ein und halfen, so gut es ging. Bei der neu gegründeten Industrie- und Handelskammer hatte Elisabeth Hagen bereits eine Personalstelle für eine Schneiderin avisiert, die erst nach Wochen zuständigkeitshalber an die ebenfalls in Gründung befindliche Handwerkskammer weitergeleitet wurde. Ein Glücksfall für die unerfahrene Arbeitgeberin, denn einen Tag nach der Währungsunion war der Traum von der Selbstständigkeit abrupt zu Ende. Die Kundschaft hielt die lang ersehnte D-Mark fest oder ging auf die Angebote der Versandhäuser ein, die mit Rabatten und Zahlungsaufschub lockten, und ihre Boutique verwaiste.

Nach verschiedenen Umschulungen, Arbeitsbeschaffungsmaßnahmen, einer langen Zeit der Depression und diversen Minijobs erhielt sie, als gerade noch eine Drei ihre Altersangabe bestimmte, eine befristete Stelle bei einer Kaufhauskette und musste quasi bei null anfangen.

Sie hatte fast zwei Jahrzehnte nicht in ihren ursprünglichen Beruf zurückgefunden und meldete sich bei Überstunden und als Springer als eine der Ersten. Schließlich wurde die Stelle entfristet und Elisabeth Hagen, die bei der Belegschaft beliebt war, ein Jahr später in den Personalrat gewählt. Ihre Eltern waren stolz auf sie. Die Dreizimmer-Wohnung, die sie mit ihrem Ehemann bis zur Scheidung gemeinsam bewohnt hatte, hatte sie nach Maßgabe des Arbeitsamtes als kinderlose Bedarfsperson nicht behalten dürfen. Oh, wie verliebt war sie in diese Wohnung in der ersten Etage eines Mehrfamilienhauses mit Linden vor dem Fenster. Die Beletage besaß hohe verzierte Kachelöfen, Flügeltüren, Stuck und Parkett. In der Küche gab es eine belüftete Speisekammer und einen Austritt, um die Wäsche zu trocknen. Sie wechselte nur ungern in eine kommunale Anderthalbzimmer-Wohnung in einem anderen Stadtteil. Umso froher war sie, als sie nach der Endfristung im Waldstraßenviertel eine Wohnung fand, die ihrer früheren entsprach. Allerdings währte die Freude ganze fünf Jahre, dann wurde das Haus eingerüstet und mit grünen Netzen umspannt. Auf Nachfrage beim Vermieter erfuhr sie, dass dieser das Haus veräußert hatte und sie eigentlich vom neuen Eigentümer auf die anstehenden Sanierungsarbeiten hätte hingewiesen werden müssen. Das geschah dann auch im Nachgang. Sie erhielt die Auskunft, dass die bisherigen Kastenfenster Doppelglasfenstern weichen müssen, die Ofenheizung zugunsten einer Zentralheizung auf Fernwärmebasis verschwindet und Bad und Küche neu gefliest werden. Außerdem würde der bisherige Dielenboden abgeschleift und neu versiegelt. Um im Sinne der Energieverordnung zu handeln, würden die bisherigen Stuckdecken abgehängt und auch die Zimmertüren und die Wohnungseingangstür durch einflüglige ersetzt. Mit der besseren Schließtechnik würde dem gewachsenen Sicherheitsgefühl der Mieter Rechnung getragen, hatte es geheißen. Aufgeführt wurden darüber hinaus, dass sämtliche Elektro- und Wasserzu- und -ableitungen ausgetauscht werden müssen, da sie nicht mehr dem heutigen Stand der Technik entsprächen. Selbstverständlich, hieß es von Seiten des neuen Eigentümers, hätte man Verständnis dafür, wenn sie sich diesen Baumaßnahmen nicht aussetzen wolle, und bot ihr die Beendigung des Mietvertrages und als besonderen Bonus die Übernahme der Umzugskosten an.

Elisabeth Hagen hatte für Tage nicht nur den Blick nach draußen, sondern auch in die Zukunft verloren. Denn die Bekanntgabe der Renovierung war nur ein Teil des Vermieterschreibens. Der andere bestand in der Aufkündigung der Nutzung des Abstellraums auf halber Treppe, hier sollte ein Fahrstuhlstrang eingebaut werden, und der Ankündigung der Erhöhung der künftigen Kaltmiete von 5,45 Euro pro Quadratmeter auf 9,90 Euro pro Quadratmeter. Mit einmal rächte es sich, auf eine geräumige Küche und auf einen Flur gesetzt zu haben, der das von der Großmutter benutzte Wort Vorsaal verdiente.

Der Justiziar der Kaufhauskette, den sie am Rande eines Leitungsgespräches, bei dem der Betriebsrat zugegen war, gebeten hatte, ihr zu sagen, ob die Mieterhöhung rechtens sei, antwortete ihr zögerlich. Rasch hatte er mit geübtem Blick das Schreiben überflogen. Dabei zeigte er sich zum einen überrascht, dass sie bis dato so günstig hatte wohnen können, und riet ihr andererseits, fristgemäß Widerspruch einzulegen.

Das tat Elisabeth Hagen, und sie tat noch mehr, indem sie ihre Nachbarn ansprach und sie sich im Hof zusammenfanden, um eine Initiative gegen die Sanierungsmaßnahmen zu gründen. Schnell waren an dem Abend ein Tisch und Stühle herbeigeschafft, wurden Getränke serviert und Bratwürste gegrillt. Aus dem bisherigen Guten Tag und Guten Weg entstand schnell eine neue Nachbarschaft. Und als Elisabeth Hagen vorschlug, ein Banner zu nähen, um den Protest der Mieter auf dem noch nicht eingerüsteten Mansardendach nach außen zu tragen, löste sie begeisterte Zustimmung aus. Am Wochenende darauf war man wieder zusammengekommen, und hieß es anfangs, es solle *Miethaie zu Fischstäbchen* auf dem Banner stehen, einigte man sich schließlich auf *Wir bleiben hier!* Einen Spruch, den Elisabeth Hagen im Herbst '89 als junge Verkäuferin auf dem Nikolaikirchhof gemeinsam mit jenen skandiert hatte, die die Verhältnisse in der DDR ändern, aber das Land selbst nicht verlassen wollten.

Beides war inzwischen Geschichte. Der neue Eigentümer untersagte die »Sichtwerbung« schon in der Woche darauf und ließ wenig später das Haus von oben nach unten zusätzlich zu den Schutznetzen vollständig mit grauen Plastikbahnen verschließen. Wenig später besetzte ein Schwarm fremdländischer Bauhelfer, angeführt von einem deutschen, wortkargen Polier, das Haus und entkernte es quasi von innen nach außen. Den Mietern blieb kaum Zeit, ihr Hab und Gut in Sicherheit zu bringen, da gleichzeitig, Etage um Etage, auch das Treppenhaus erneuert wurde. Die im Inneren des Hauses eng aufgestellten Gerüste ermöglichten es den jungen Familien nicht mehr, ihre Kinderwagen in den Wohnungen abzustellen. Im Treppenhaus selbst waren sie riesigen Staubwolken ausgesetzt, sodass diese zuerst das Weite suchten, gefolgt von den älteren Hausbewohnern, die außer dem Schmutz auch den Baulärm nicht länger ertrugen.

Die Bauarbeiter erwiesen sich als überaus hilfsbereit und halfen sowohl den Familien als auch den älteren Bewohnern beim Ausräumen und trugen für ein Handgeld deren Inventar zu den bereitstehenden Transportern. Von alldem und auch davon, dass einzelne Mieter eine finanzielle Entschädigung erhalten haben, erfuhr Elisabeth Hagen meist erst im Nachhinein. Die Verkapselung des Hauses hatte sich bis ins Innere fortgesetzt.

Freie Tage hatte sie, so gut es ging vermieden und auch den Handwerkern bislang nicht den Zutritt zu ihrer Wohnung erlaubt, obgleich sie der Polier mehrmals abgepasst und entsprechend instruiert hatte.

Am Ende verlor Elisabeth Hagen den Prozess und musste neben der Übernahme der Gerichts- und Rechtsanwaltskosten sowohl die Umbaumaßnahmen erdulden als auch in der Folge die gesetzlich erlaubte Mieterhöhung akzeptieren. Zuvor hatte sie eine als Kompromiss deklarierte Güteregelung ausgeschlagen, die nach Auskunft des Eigentümers darin münden sollte, Trennwände einzuziehen und auf der von ihr bewohnten Etage die beiden benachbarten Dreizimmer-Wohnungen in vier Appartements umzuwandeln.

Immer öfter kamen die Handwerker schon am Morgen, um die Sanierungsarbeiten auszuführen. Als diese endlich abgeschlossen waren und die renovierten Wohnräume einen fachmännisch ausgeführten abschließenden Anstrich erhielten, fühlte sich Elisabeth Hagen physisch und psychisch völlig ausgezehrt. Dennoch scheute sie eine Krankschreibung, aus Furcht, die neue, nunmehr tiefer gehängte Decke könne ihr sprichwörtlich auf den Kopf fallen.

Erneut gestaltete sich die Suche nach einem anderen und zudem stilvollen Quartier als schwierig. Sie hatte lernen müssen, die Lebenshaltung trotz ihrer Vollbeschäftigung fortan auf Kante zu nähen. Die Warmmiete verschlang an jedem Ersten des Monats mehr als die Hälfte ihres Einkommens. An Alternativen mangelte es. Außerdem schien es bald niemanden mehr in der Stadt zu geben, der nicht um die bevorstehende Schließung des Kaufhauses, in dem sie beschäftigt war, wusste. Vor allem kein Makler und kein Vermieter. Das in Aussicht stehende Ende des renommierten Warenhauses war durch die Presse gegangen. Es half nichts, wenn sie ihren Arbeitsvertrag vorlegte. Ihre Mieterauskunft galt als negativ.

Also hieß es für Elisabeth Hagen, Abstand zu nehmen von dem Wunsch nach Parkett, Stuck & Co. und sich nach einer bezahlbaren Wohnung im sogenannten Speckgürtel der Stadt umzusehen. Warm und trocken war sie und vor vielen Jahren für die Beschäftigten in der Landwirtschaft erbaut worden. Der Leerstand wird sich alsbald schließen, sagte ihr neuer Vermieter hoffnungsvoll. Dennoch ließ er sich darauf ein, mit Elisabeth Hagen einen Deal einzugehen. Er fertigte zwei Mietverträge aus. Einen für die beiden kleineren Zimmer und einen gesonderten, der auf den Namen einer fiktiven Schwester ausgestellt war, für das größere. So musste sie nicht auf ein Musikzimmer zum Andenken an ihren Vater verzichten und war gleichzeitig gegenüber dem Jobcenter gewappnet, um die Wohnung wegen Übergröße nicht wieder verlassen zu müssen. Nach jetzigem Stand reichten ihre Ersparnisse aus Rücklagen und dem elterlichen Erbe, die sie vorsorglich als Bargeld verwahrte, aus, um das Extrazimmer zusätzlich zum Arbeitslosengeld fünf Jahre zu halten. Weiter in die Zukunft wollte sie nicht schauen. Ein Blick auf die Uhr verriet ihr: Die nächste S-Bahn könnte sie in 15 Minuten erreichen. Bis zur Schließung des Bildermuseums waren es noch anderthalb Stunden. Eine Stunde vor der Schließzeit endete der Einlass. Das wusste sie. Nur sehr langsam nahm die Schlange ab. Aber bis zum Eingang waren es nur noch drei oder vier Meter. Oder in Personen gesagt: Vor ihr standen acht Frauen und drei Männer mit ihrem quengelnden oder Hasche spielenden Nachwuchs. Die Familien schienen jeden Moment kapitulieren zu wollen. Aufgeben kam für Elisabeth Hagen nicht in Frage. Sie würde es bis 20 Uhr schaffen und in der Ausstellung der Beatlesfrau für eine Stunde alles andere vergessen können.

Zugabe: Fußläufiges Leipzig

Am 5. Oktober 1989, vier Tage vor der wohl wichtigsten Montagsdemonstration in Leipzig, vertrat ich einen Schriftstellerkollegen. Er sei verhindert, sagte er und bat mich, statt seiner an einer Podiumsdiskussion vor Studenten der Karl-Marx-Universität teilzunehmen. Das Thema war »Die DDR im 50. Jahr«. Man wolle nicht beim 40. Republikgeburtstag verharren, gab er mir auf den Weg. Ort war die nach Kurfürst Moritz von Sachsen benannte »moritzbastei«, der Studentenclub in Leipzig. In der ehemaligen Stadtbefestigungsanlage hatte ich schon während der Ausgrabungsphase in der noch heute existierenden Veranstaltungsreihe »Durstiger Pegasus« gelesen. Im größten der ans elektrische Licht geholten Kellergewölbe fand die Diskussion statt. Sie musste per Lautsprecheranlage in andere Kasematten übertragen werden, da die »Veranstaltungstonne« überfüllt war. Laut Veranstalter waren 1.200 gekommen. Das Wort führte ein redegewandter, nicht unsympathischer junger Philosoph von der Berliner Humboldt-Universität. Dass dieser – sowie der Kollege, für den ich eingesprungen war – Inoffizieller Mitarbeiter (IM) des Ministeriums für Staatssicherheit der DDR war, sollte später bekannt werden. An dem Abend jedoch wuchsen der Berliner und ich als Ermutiger über uns hinaus. Im Einklang bestärkten wir die verunsicherten Studenten, sich nicht an die Weisung ihrer Studienbetreuer und Professoren zu halten und selbst zu entscheiden, ob sie sich den Montagsdemonstranten anschließen wollen. Wenige Stunden zuvor waren für DDR-Bürger die Wege in die ČSSR verriegelt worden. Mein Skript, das abhandengekommen ist wie mein bis dahin geführtes Leben, bezog sich auf das nun noch engere und unerträglichere Land.

Im Osten nahmen die Ereignisse an Tempo zu. Für mein Gefühl hat die Beschleunigung seither kaum abgenommen. Jetzt lebe ich in der Rasanz des Alters. Seit jenem Herbst sind inzwischen 30 Jahre vergangen. Wie will man diese in Kurzform für seine Stadt und das eigene Leben reflektieren? Ich stelle mir eine Art Zettelkasten mit lauter Begriffen und Notizen vor, die diesen Zeitraum zu untertiteln versuchen. Oben auf läge vielleicht die Karte mit dem Wort Citytunnel oder Leipzigs Aufstieg mit *Red Bull* als Rasenballer in die Bundesliga. Ganz unten heißt es gemäß dem erschütternden Dokumentarfilm: *Ist Leipzig noch zu retten?* Scham überkam uns, die wir in der Mangelwirtschaft das dem Wohnungsamt abgetrotzte Zuhause mit Mühe zu verschönern versuchten. Alles für die eigenen vier Wände, die es nicht waren, wie wir ab 1990 feststellen mussten. Hier aßen, sprachen, liebten wir und vergaßen, was wir nicht im Blick hatten, die graue, marode Hülle und »die Trauerschleier in der Luft«, wie es in meinem Gedicht »Momento II« von 1985 heißt. In meinem zweiten Lyrikband, der im September 1989 endlich ausgeliefert wurde, hatte ich das Dilemma »unter roten und Rauchfahnen« beschrieben: »Die Häuser, die hier stehen / Wie auch die, die noch stehen / Sind nicht hoch. / Wolkenkratzer sind allein / Die Antennen der Hörpolizei. / Ansonsten kratzen die Wolken / Im Hals«. Krupp kannten wir, Pseudo-Krupp hatten wir. Die ruinierten Behausungen bezeugten die endlose Nachkriegszeit. Das Erdgeschoss feucht, das Dachgeschoss von Brandbomben vernichtet, ein Notdach, das Flickwerk war. Daneben oder am Stadtrand die riesigen Neubauviertel. Ein Ersatz ohne Aura.

Wie beim Daumenkino blättere ich die Aufzeichnungen durch, die vor den Augen tanzen. Ich sehe den Augustusplatz. Zuerst verschwinden die Zeiger von der Hauptpost. Zeit ist nicht nur Geld, schon das Zeitanzeigen kostet Geld: Energie, Reinigung, Pflege. In der Stadt werden Briefkästen demontiert. Die Wege für arbeitssuchende Bewerber werden weiter. Fast alle Fabriken schließen. Leipzig hört mit dem Rauchen auf. Ich blättere noch mal zurück, sehe Wolf Biermann beim Auftritt im Dezember 1989 in der eisigen Messehalle; letzte Rache der Genossen, dem Barden den Fernwärmehahn abzudrehen: »So soll es sein!« Doch warm war der Empfang der Leipziger, auch für die Leipzig-Stones, die Klaus-Renft-Combo, die im Mai 1990 fast vollständig am Auensee wieder zusammenkam. Ein Who is Who der Künste entstünde, wollte man alle aufzählen, die seither in Leipzig zu hören oder zu sehen waren. Ich habe nur einen Bruchteil davon wahrgenommen: Joe Bonnamassa, Bob Dylan, Mick Jagger, Mark Knopfler, Van Morrison. Sie kamen nach Leipzig und in meine Gedichte. Diese stehen jetzt in der sanierten Leipziger Stadtbibliothek, die auch eine im Osten Deutschlands einzigartige Lyriksammlung beherbergt. Ein Geschenk an jene Menschen, die sich der Verarmung von Seele und Geist widersetzen. Vergessen die mittelalterliche Bücherstube im Barthels Hof. Dort, in den ehemaligen Speicherhäusern, gab es eine Zeit lang Gastronomie, Mode und Theater. Kurzzeitig hatte im Barthels Hof eine Galerie eröffnet, als Zwischenmieter, in der ich Gemälde von Solomon Wija sah. Einem Äthiopier, der hier Kunst studiert hat und geblieben ist. Kreative hält es in dieser Stadt. Längst stellen die sesshaft gewordenen Zuwanderer täglich einen anderen Veranstaltungsplan auf; sie haben die Stadt in Besitz genommen und helfen den Geburtenzahlen auf.

Apropos Besitz: »Wächterhaus« ist eines der Worte, die im Stapel etwa mittig liegen. Lange vor dem Hype der Neuen Leipziger Schule (auch ein Wort aus dem Zettelkasten) habe ich in meinem Stadtführer *3x Leipzig* von 1990 auf die Industriearchitektur im Stadtteil Plagwitz aufmerksam gemacht. Arbeiten und Wohnen Wand an Wand. Vom

Markt wird dem Verfall Leipziger Gründerhäuser und Mietskasernen nicht per se ein Ende gesetzt, sondern nur dort, wo Rekonstruktion und Investition Rendite abwerfen. In schlechten Lagen bleibt alles beim Alten oder verschlechtert sich mit jeder weiteren Jahreszeit. Der Verein »HausHalten« hatte ein Konzept gegen Verfall und Vandalismus entwickelt und vergab in Zeiten des hohen Leerstandes Wohn- und Nutzraum an Menschen, die ihrer nicht selten prekären wirtschaftlichen Lage Selbstbestimmung entgegensetzen. Sie halten und hielten die Häuser am Leben. Am Leben ist auch wieder Leipzigs Stadtfluss, der schon in den 1920ern verrohrt und verlegt wurde und die Industrieabwässer zu tragen hatte wie Blei. In der Braunkohleära (die in unseren Breiten längst noch nicht abgeschlossen ist) wurden ihm Teile seines Flussbetts abgegraben. Jetzt heißt es innerstädtisch: Die Pleiße ans Licht! Die Rekultivierung der ausgekohlten Tagebaue hat vor Leipzigs Toren ein »Neuseenland« entstehen lassen. Die Messestadt ist von Badeseen umringt, grün auch ihr Zentrum. Nur wenige Schritte vom Neuen Rathaus entfernt der Johanna-Park, angrenzend an den Clara-(Zetkin-)Park. Ein Platz zum Verlieben und ein Luftzug im Verkehrskollaps, das nicht zu beherrschen ist, wenn plötzlich Rohre platzen, Fahrspuren eingeengt werden und Wanderbaustellen das Stadtbild beherrschen. Jedes Jahr zu Pfingsten gastiert Toleranz in Leipzig, während des Wave-Gotik-Treffens. Da ist Leipzig Metropole der die Stadt schmückenden Schwarz- und Schrillgewandeten. Ein Fundus an

Träumen, Spitze und Tüll, Maske und Schminke. Ein Klassen- oder besser Kasten-Treffen für Zigtausende.

Risikoreich ist Leipzig als Radfahrstadt. Radwege sind nach wie vor selten, und viele Straßen sind eng, von Rillen und Schienen durchzogen, mit Kopfsteinen gepflastert oder eher Park- als Ride-Flächen. Und vornehmlich LKW-Fahrer sind an Kreuzungen auf dem rechten Spiegel blind. Die Kreuzungen, an denen Menschen starben, markieren heute weiß angestrichene Fahrräder, von denen selbst Diebe die Finger lassen. Aber man kommt nicht umhin, zudem sind Mietfahrräder im Trend, da die Leipziger Verkehrsbetriebe (LVB) das Paradoxon pflegen, die Stopps ihrer Trams immer mehr zu vermehren, sodass die Tarifzone Kurzstrecke in Kilometern immer kürzer wird. Und das, obwohl in stoischer Kontinuität die Fahrpreise Jahr um Jahr steigen. Aber Leipzig ist eine fußläufige Stadt. Und sie hat wohl deshalb eine der kürzesten U-Bahnen der Welt. Vier zentrale Stationen bietet die Nahverkehrsröhre nach zehnjähriger Bauzeit. Die für kurze Zeit unterirdische S-Bahn führt geradewegs zum Flughafen Leipzig-Halle, ebenso zum neuen Leipziger Hauptbahnhof. Ein Bahnhof, der der Union Station in Washington an Lebendigkeit und Pracht kaum nachsteht. Hier anzukommen heißt, Leipzigs Schauseite zu erleben. Immerhin wurden hier Sachsen und Preußen vereint, auch wurde der Symmetrie, sprich Gleichbehandlung gefrönt. Jahrzehntelang steingewordener Ausdruck für den grauen Wartezustand des Landes, ist dieses glänzende Bauwerk heute das eigentliche Freiheitsdenkmal. Es steht für Reisefreiheit, Konsum und mit seinem internationalen Zeitschriften- und Zeitungsangebot für Meinungsfreiheit. Neben der Säule auf dem Nikolaikirchplatz bedarf es keines anderen. Die Gleisanschlüsse in die Welt enden längst nicht mehr vor einem Grenzpfahl. Am Gleis 24 erinnert eine Plastik an die Deportationen während der Zeit des Nationalsozialismus. Es gibt die Trapo (Transportpolizei) nicht mehr, die uns als Jugendliche willkürlich festnahm, nur weil wir das Haar lang trugen. Das Zeitkino allerdings, das es auf diesem Bahnhof gab, mit seinem Endlosschleifen-Programm und das ein Bauteil ganz früher U-Bahn-Pläne war, vermisse ich. Die Bilder, die die Flaneure auf ihren Displays vor sich hertragen, können es nicht ersetzen, selbst wenn die Gelegenheits-Montagsdemonstranten – die gegen Aufrüstung, Krieg oder Demokratiefeindlichkeit aufbegehren – vom Augustusplatz aus ihre Selfies in die Welt schicken.

Erstveröffentlichung in Merian Leipzig, Jahreszeitenverlag, Hamburg 2014; überarbeitet im Herbst 2019

Siebzehn plus eins. Eine Nachbemerkung

Dieses Buch vereint Kurzgeschichten und Erzählungen aus zwei Jahrzehnten. Fast alle sind Wiedervereinigungsgeschichten. Geprägt von den Schicksalen derer, die sich ebenso wenig aufgaben wie ihre dem Verfall preisgegebene Stadt. Die selbstbewusste Leipziger Losung vom Herbst 1989 »Wir bleiben hier!« bekommt Jahre später angesichts von um sich greifender Entmietung erneut einen widerständigen Klang. Menschen entzweien sich in den Zeiten der Wiedervereinigung. Verlieren ihre Fassung. Mehr Schein als Sein wird zunehmend zum Lebensinhalt. Diese Leipziger Geschichten zeigen, man kann Gewinner und Verlierer in einem sein.

Eines der 17 Prosastücke wurde in den Endneunzigern als Künstlerbuch und Hörbuch veröffentlicht. Einige Kurzgeschichten erreichten vor mehr als zehn Jahren als *Männergeschichten* einen eher geschlossenen Leserkreis, andere bildeten den Gehalt in einem umfangreichen Lesebuch, das Prosatexte, Lyrik und Essays vereinte. Diese Titel sind seit Jahren nicht mehr lieferbar. Neue, unveröffentlichte Geschichten sind seither entstanden und gesellen sich zu den früheren. Für diese Sammlung wurden jedoch ausschließlich Geschichten ausgewählt, die als Leipziger oder Randleipziger gelten können. Die Mehrzahl von ihnen ist geeignet, den Leipzig-Roman *Herbstjahr* zu flankieren, indem sie Motive aus dem Roman anklingen lassen.

Die Zugabe besteht aus einem leicht überarbeiteten Beitrag, der 25 Jahre nach dem Mauerfall für eine Leipzig-Ausgabe der Zeitschrift *Merian* entstand. Eine Liebeserklärung an meine Stadt und ihre Umgebung. Eine Bezeichnung, die im Grunde für all diese Geschichten gelten kann, auch für die herben.

Ralph Grüneberger

Danksagung

Ich bedanke mich bei all jenen, die dabei geholfen haben, dieses Projekt zu realisieren, allen voran bei meiner Lektorin Claudia Senghaas, die frühzeitig an die »Leipziger Geschichten« geglaubt und mich ganz direkt zu einer der jüngsten angeregt hat. Herzlicher Dank gilt dem Förderer dieses Buches, der Staatskanzlei des Freistaates Sachsen, im Rahmen des Förderprogramms »Revolution und Demokratie« sowie den privaten Unterstützern D.A., J.A., H.-M.B., U.D., K.E., C.G., P.G., E.H., D.D.-H., T.H., F.I., M.K., S.K., W.M.K., V.K., B.-L.L., P.L., M.M., K.N., W.R., E.S., J.S., R.S., R.+B.S., U.S., W.B.-S., A.T., D.T., H.U. und J.Z. Dem Verleger des quartus-Verlages Detlef Ignasiak ist dafür zu danken, dass »Der Juror« aus »Die Ruhe einer Sekunde. Künstlergeschichten« (Bucha bei Jena, 2015) in diese Sammlung aufgenommen werden durfte. Der Dank gilt auch dem Vierjahreszeiten Verlag Hamburg für die Erlaubnis, meinen Beitrag für »Merian. Leipzig« aus dem Jahre 2014 als Zugabe verwenden zu dürfen.